AF499351

ALLTAGS
PAUSEN
MYSTERY

Yvonne Beetz

Der Bernsteinleuchtturm

Reihe „AlltagsPausen“
Sonderedition: #autorenchallenge 2021
Mystery

1. Auflage 2021
Deutsche Erstausgabe

Dieser Titel ist auch als Ebook und Gebundene Ausgabe erschienen.

c/o easy-shop (Autorenservice)
Kathrin Mothes, Schlossstrasse 20, 06869 Coswig/Anhalt
Coverdesign by Yvonne Beetz
Lektorat und Korrektorat by Anne Junker
Zweitkorrektorat by Vanessa Streng
(www.BuchGestalt.com)

ISBN: 979-8-5049-6397-6

21.03.2021

INHALT

26. JUNI 2020
IM IRGENDWO DER MEERE

Aus Erinnerungen schöpfen wir Erfahrung.

Aus Erfahrungen treffen wir Entscheidungen.

Und Entscheidungen erwachsen in Konsequenzen, mit denen wir nie im Leben gerechnet hätten.

Knarzend schwang der Stuhl vor und zurück. Die Bewegung schien in ihren Augen den Verfall zu beschleunigen. Zuerst zerbröselten die Blätter, dann zerbrachen knackend die Zweige und Äste. Sie lösten sich in Luft auf, wenn einer der ihren verstarb.

So wie jetzt.

Name wie Bild verschwanden. Gretel gab es ab dieser Sekunde nicht mehr. Sie war ihrem Fritz gefolgt.

Annelies seufzte in ihrem Schaukelstuhl auf.

Mittlerweile genügte der rote Schein, um jedes Detail zu erkennen. Der Baum ihrer Familie verkümmerte. Es war nur ein einziger grüner Ast an der Wand und einer der schmalen frischen Triebe führte unweigerlich zu Emilia.

Wieder seufzte Annelies.

Sie wollte ihr nicht dieselbe Bürde auferlegen, die sie selbst zu tragen hatte. Es musste einen anderen Ausweg geben, um die Menschheit zu retten. Viel Zeit blieb nicht. Und doch: Wie sollte es weitergehen? Sie hatte eine Entscheidung zu treffen.

Keine andere Lösung in Sicht.

Es schien ihre Schuld.

Und war es das nicht auch?

In gewisser Weise?

5. JUNI 1888
INSEL SEWERNUIJ/RUSSLAND
NAHE DER MEERESENGE
MATOTSCHKIN SCHAR

Zwischen Flechten, die typisch für Tundragebiete waren, ging ich auf einem Pfützenweg, der mich zum Meer führte. An manchen Stellen ließ die Sonne den weichen Schlamm wie das glatte Leder meiner Stiefel aussehen. Hexencreme nannten wir das als Kinder. Mit Stöcken malten wir Fantasiezeichen hinein, denen wir magische Kräfte nachsagten. Die Spiele meines jüngeren Ichs waren mir so frisch in Erinnerung, als wäre es gestern gewesen.

Für diese Breiten war es außergewöhnlich warm. Normalerweise kletterten die Temperaturen am arktischen Meer nie über den Gefrierpunkt. Seit einer Woche zeigte das Thermometer um die fünf Grad. Das Gletschereis taute.

Die zerklüfteten Gipsfelsen kamen in Sicht. Für einen Moment verschnaufte ich und sah zur Sonne am Horizont, die bald untergehen würde.

Ein Trampelpfad zeichnete sich schwach vor mir ab und führte mich die Steilküste hinunter zu einem schmalen Strand.

Unversehrt angekommen, stahl sich ein Lächeln auf meine Lippen, als ich die See vor mir sah. Glattgespülte Kieselsteine und zerbrechliches Perlmutt knirschten unter meinen Sohlen.

Am Ufersaum blieb ich stehen, schloss die Augen, breitete meine Arme aus und atmete tief die salzige Luft ein.

Gischt spritzte hoch. Wind zerzauste mein Haar, fuhr mir kühlend über die Haut und zerrte raschelnd an der Böschung. Die Brandung schäumte und rauschte. Plötzlich polterte und klirrte es vor meinen Füßen, sodass ich nach unten sah.

Austernschalen und Krebspanzer ohne Inhalt, salzgetrocknete Seesternchen und eine zylindrische schwarze Dose aus Ton brachte die See wie ein Bote zu mir. Drei Möwen segelten herbei und schrien zankend in der Luft um einen Hering. Die Schätze des Meeres ließ ich außer Acht. Doch der Behälter hatte hier nichts zu suchen.

Schnell bückte ich mich, hob ihn auf und betrachtete ihn genauer. Nirgendwo ein Griff. Der Deckel war am Rand rot abgesetzt und auf der glatten Oberfläche eine Hand in derselben Farbe zu sehen. Meiner bescheidenen Meinung nach musste sie einer Frau gehört haben, da die Finger sehr schmal waren. Es schien sich um eine altertümliche Zeichnung zu handeln. Vielleicht griechisch? Allerdings war ich keine Historikerin. Trotzdem. Wie war die Dose hierher gelangt?

Vorsichtig klemmte ich sie mir unter den Arm und machte mich auf den Rückweg. Als ich oben auf der Klippe angelangt war, schaute ich zurück über die aufgewühlte Barentssee. Ein majestätischer Anblick, den ich mein Lebtag nie vergessen würde.

Ich hockte mich hin und stellte den Behälter auf dem Boden ab.

So sehr ich mich auch bemühte, ich konnte den Deckel nicht öffnen. Ich zerrte und hebelte sogar mit meinem Taschenmesser, doch er gab nicht einen Millimeter nach.

Macht nichts, dachte ich mir, und trat den Rückweg zu unserer Forschungsstation an.

Als einziges weibliches Expeditionsmitglied, auf der die Population der Eisbären erforscht wurde, musste ich mir immer wieder den Respekt der Männer erarbeiten. Mit diesem Fund würde mir das zusätzlich gelingen. Es ging doch nichts über die Neugierde einer Frau.

Lächelnd drückte ich den Fund an mich und legte beschützend meine Hand auf die Zeichnung. Mit ihr deckten sich meine Finger eins zu eins.

Die antike Tondose wurde heiß und erglühte im Sonnenrot. Verwandelte sich in gleißendes Licht.

Geblendet schloss ich die Augen.

In derselben Sekunde erbebte der Behälter in meinen Händen und zersprang laut wie ein Kanonenknall. Die explosionsartige Druckwelle nahm mir den Atem und schleuderte mich mehrere Meter durch die Luft. Mein gesamter Oberkörper schmerzte dabei. Ich hörte, wie Ton auf Stein zersplitterte. Noch im Fliegen verlor ich das Bewusstsein.

15. APRIL 2019
NEW YORK CITY

„Next stop: 81st Street. Museum of National History.“

Wie von einer Tarantel gestochen schreckte ich hoch, knallte mein Buch zu und stopfte es in meine Umhängetasche. Mit mehreren *„Pardon me“* quetschte ich mich entschuldigend an den anderen Fahrgästen vorbei.

Die *Subway* heulte kurz auf, dann hielt sie. Ich drückte den Türöffner und stieg als eine von Wenigen an der verwaisten Haltestelle aus.

Von wegen, New York, die Stadt die niemals schläft, dachte ich mir.

Der Inhalt meiner Tasche drohte herauszufallen. Also stellte ich sie auf einer der braunen Holzbänke ab. Dann zog ich den neuesten Thriller von Dan Brown heraus, der unglücklicherweise mit dem Lehrbuch für „Spätes Altertum“, meiner Trinkflasche und dem Frühstücksapfel kollidiert war. Vor mich hin knurrend stellte ich fest, dass der Einband und ein paar der ersten Seiten völlig zerknickt waren.

Verdammt!

Wie ich es hasste, wenn Bücher dermaßen litten und geschunden aussahen.

Ich holte tief Luft.

Es half nichts. Spannend war der Roman ja trotzdem. Routiniert sortierte ich meine Tasche um, sodass alles an seinen angestammten Platz kam, und verschloss sie wieder. Die Wände waren an dieser Station mit verschiedenen Mosaiken und Keramiken verziert. Ich folgte Dinosauriern, Säbelzahntigern, Fledermäusen und Feuerkäfern, bis ich durch eines der silberfarbenen Drehkreuze trat, den unteren Eingang des *American Museum of National History* passierte und mich dann die Ameisen an den Wandfliesen die Treppe hinauf ans Tageslicht führten.

Jeden Morgen diese grauen Stufen im Spurt zu nehmen, war derzeit der einzige Sport, den ich mir täglich auferlegte. Das sollte ich demnächst ändern und beschloss, Carla aus meiner WG zu fragen. Ich ging weiter geradeaus. Linkerhand begleitete mich der *Central Park* und lockte mich zu seinem Frühlingsgrün. Aber leider war das nicht mein Arbeitsplatz. Einige Jogger waren unterwegs und Mütter, die Kinderwagen vor sich herschoben.

Rechterhand reichte bis zum Horizont die unendliche Häuserschlucht. Jedes Mal für mich ein wunderschönes Fotomotiv. In jeder freien Minute schnappte ich mir meine Kamera und hielt diese großartige Stadt in Bildern fest.

Das fand ich an New York am beeindruckendsten, denn keine andere Metropole hatte das in dieser Art und Weise zu bieten. Vögel schwirrten über dem Autoverkehr, ließen sich in ihrem Luftparcours in Wild-West-Rodeo-Manier nicht stören. Die gelben *Taxi Cabs* bestimmten das Stadtbild neben wenigen Privatautos.

Zwei Straßen weiter lag die *75th*. Ein Schwung nach rechts.

Blaue Rundumleuchten des *NYPD* stoppten mich.

Ein weißblauer *Ford Explorer* der New Yorker Polizei stand quer vor dem Eingang des Gebäudes, in das ich hinein wollte. Was war hier los?

Langsam setzte ich mich in Bewegung.

Hinter der vordersten Stucksäule des Eingangs trat ein *Police Officer* vor und versperrte mir mit vorgehaltener Hand den Weg: „*Ma'am*. Sie können hier nicht vorbei."

„Entschuldigen Sie, ich arbeite hier. Was ist passiert?"

„Warten Sie einen Moment. Ich kläre das kurz mit der Einsatzleitung ab."

Der *Officer* ging zur Seite, zog ein Walkie-Talkie aus seinem Gürtel und redete mit seinem Vorgesetzten. Leider verstand ich nicht viel.

Hibbelig trat ich von einem Bein auf das andere und blickte die Fassade des *Private Museum of Geoscience, Crystallography and Mineralogy*, kurz *GCM*, hinauf.

Das hellgraue und damit recht unscheinbare Gebäude aus Granit erstreckte sich zwanzig Stockwerke in den Himmel. Daneben waren im Laufe der Jahrzehnte Häuser angebaut wurden. Mangels anderem Baumaterial bestanden diese aus rostrotem Sandstein.

Seit einem halben Jahr war das mein Arbeitsplatz, ein guter Nebenjob für mich als Studentin.

Ob es einen Angriff oder ein Feuer gegeben hatte? Vergeblich suchte ich nach Rauchzeichen. Verbrannt roch es jedenfalls nicht.

„*Ma'am*. Wie heißen Sie?"

„Emilia Anne Peters."

Der *Officer* nickte und gab meinen Namen weiter. Kurz darauf kam er zurück: „Sie begeben sich bitte in den vierten Stock zur *Research Library*. *Detective* Sheppard erwartet Sie."

„In Ordnung. Dankeschön."

Den Weg zur Forschungsbibliothek kannte ich im Schlaf, war sie doch gefühlt mein zweites Zuhause. Schnell stieg ich die Treppenstufen hinauf. Im Gegensatz zu normalen Tagen stand die Eingangstür sperrangelweit offen. Ich trat in die heilige Halle der Rotunde mit dem prächtigen Deckengewölbe, durchschritt dann mehrere Ausstellungsräume und die große Galerie, um schließlich zum Fahrstuhl zu gelangen, der mich nach oben brachte.

Eilig durchquerte ich den Flur zur Bibliothek.

Ich stieß die gläsernen Schwingtüren auf. An einem der

Holztische saß eine mir unbekannte Frau neben einem Polizisten. Sie redete auf ihn ein, während er sich auf seinem Laptop Notizen zu machen schien.

Unschlüssig ging ich ein paar Schritte vorwärts und blieb dann stehen. Offenbar war hier ein Verhör im Gange. Das wollte ich selbstverständlich nicht belauschen.

Gleichzeitig schossen mir mehrere Fragen durch den Kopf. Durfte ich überhaupt hier stehen? Hätte ich vielleicht draußen warten sollen, bis sie mich hineingebeten hätten? Erhärtete so ein Verhalten nicht einen Verdacht? War ich verdächtig? Ich wüsste nicht, weswegen. Trotzdem wurden vor Aufregung meine Hände schweißnass.

Es sei denn, das verkehrte Zurückordnen eines Buches hier in der Bibliothek war ein Verbrechen, überlegte ich weiter. Na ja, wenn es ein besonders wertvolles Buch und nun verschwunden war, dann vielleicht schon.

Nervös nestelte ich am Riemen meiner Tasche und wusste nicht, was ich machen sollte. Irgendwie kam ich mir blöd vor. Mein Mund war wie austrocknet. Ich zog meine Flasche aus der Tasche und trank einen Schluck.

„Ms. Peters?"

Prompt verschluckte ich mich.

Entsetzt sprang der *Police Officer* hoch: „Kann ich Ihnen helfen?"

„Danke. Geht schon", krächzte ich.

„Gut. Dann kommen Sie bitte. Sie sind Ms. Peters?", wiederholte er seine Frage.

„Ja, die bin ich."

„Setzen Sie sich bitte", antwortete zu meiner Überraschung die in Zivil gekleidete Dame. Nach meiner Schätzung war sie ungefähr Ende dreißig. Sie wies auf einen Stuhl mir gegenüber. „Ich bin *Detective* Sheppard."

Höflich dankte ich ihr und setze mich. Meine Tasche behielt ich auf meinem Schoß. Da hatten meine Finger wenigstens etwas zu tun, die schon wieder mit dem Riemen und der Schnalle spielten.

Detective Sheppard machte auf mich einen mütterlichen

Eindruck. Die Art Mensch, in dessen Arme du dich am liebsten flüchten und verstecken möchtest, wenn die Welt um dich herum zusammenbricht.

Der Eindruck musste allerdings täuschen, denn wie sonst hätte sie es bis zum *Detective* gebracht. Durch Händchenhalten mit Mördern und Räubern bestimmt nicht.

„Beginnen wir. *Officer* Jasko wird protokollieren. Name?“

„Emilia Anne Peters. Aber entschuldigen Sie, Mrs. Sheppard ...“

„*Detective* Sheppard. Und Sie reden nur, wenn Sie etwas gefragt werden, verstanden?“, unterbrach sie mich so scharf, dass ich unwillkürlich zusammenzuckte.

„*Detective* Sheppard. Entschuldigen Sie.“

Oje, wie konnte ich nur ihren Dienstgrad vergessen. So etwas Dummes. Sicherlich hatte sie lange Jahre darum kämpfen müssen. Trotzdem war ich unruhig. Schließlich war ich in einem fremden Land und wollte keinen Fehler machen, was den Umgang mit der Polizei betraf.

„Sie verhören mich gerade, oder?“, fragte ich deshalb. „Müssen Sie mir nicht sagen, warum? So viel weiß ich vom hiesigen Rechtssystem, dass Sie mir sagen müssen, was mir zur Last gelegt wird.“

Detective Sheppard atmete tief durch – als ob sie in einer Yoga-Sitzung wäre – faltete ihre Hände zusammen und legte sie in Zeitlupe auf den Tisch. „Junge Frau, um eines klarzustellen: Wir verhören Sie nicht, denn dann säßen Sie in Handschellen vor mir und wären damit in Gewahrsam. Wir befragen Sie hier lediglich als mögliche Zeugin. Wir wollen uns mit Ihnen unterhalten. Üben Sie sich bitte in Geduld und vergeuden Sie nicht meine kostbare Zeit. Ich bin nicht umsonst hier und Sie ebenfalls nicht, glauben Sie mir. Wir klären Sie gleich auf, um was es hier geht. In Ordnung?“

Ich nickte.

„Gut. Dann fangen wir mit den üblichen Formalien an. Also. Name?“

„Emilia Anne Peters.“

„Alter?

„Zweiundzwanzig."

„Familienstand?"

„Ledig."

„Wohnanschrift?"

Und so ging es für mich gefühlt unendlich weiter.

„Nach den mir vorliegenden Unterlagen sind Sie Studentin an der *NYU*. Ist das richtig?"

„Ja." Es war immer mein Traum gewesen, an der renommierten *New Yorker University* zu studieren und ich hatte es geschafft. Ich war froh und dankbar, dass ich so eine Chance in meinem Leben bekommen hatte und mir meine Familie die Studiengebühren bezahlen konnte.

„An welcher Fakultät?"

„Am *Department of Anthropology*."

„Ah, ja. Schwerpunkt?"

„Mit den Schwerpunkten Paläoanthropologie und Humangenetik."

„Das erklärt natürlich Ihre Stelle hier. Sie haben angegeben, dass Ihre Nationalität deutsch ist. Ist das richtig?"

„Ja."

„Ah, das erklärt Ihre Frage am Anfang. Im Gegensatz zu Deutschland gibt es bei einfachen Unterhaltungen, wie wir sie eben führen, keine extra Aufklärung über ein Auskunftsverweigerungsrecht."

„Ach so. Aber es steht mir zu?", hakte ich sicherheitshalber nach.

Detective Sheppard lächelte. „Selbstverständlich. Diese Freiheit hat jeder in unserem Land. Seit wann halten Sie sich in den USA auf?"

„Seit über zwei Jahren. Nächstes Jahr möchte ich mein *Undergraduate*-Studium abschließen und dann mein Graduiertenstudium beginnen."

„Weiterhin an der *NYU*?"

„Das weiß ich noch nicht."

„Nun gut. Kommen wir zum eigentlichen Anliegen."

Gespannt rutschte ich auf meinem Stuhl nach vorn. In der Zwischenzeit hatte *Officer* Jasko jedes Wort auf seinem

Laptop mitgetippt. Ich war begierig zu erfahren, was hier vor sich ging und warum die New Yorker Polizei das Museum abgeriegelt hatte.

„Arbeiten Sie ab und zu an den Exponaten der *Amber Collection*?“

„Ja, klar.“ Ratlos zuckte ich mit den Schultern. Das war kein Geheimnis. Wozu wollte sie das wissen? Stand doch garantiert in meinen Personalunterlagen.

„Nun, aus dieser Sammlung wurden mehrere Stücke entwendet.“

„Jemand klaut Bernsteine?“ Ungläubig schnaubte ich auf. „Und der *Rainbow of Sibiria* ist noch da?“

„Ja, ganz genau.“

„Das verstehe ich nicht. Die Diebe lassen einen wertvollen Brillanten zurück und stehlen stattdessen Bernsteine? Die haben doch gar keinen Wert.“

„Genau zu derselben Schlussfolgerung sind wir auch gekommen. Warum kennen Sie sich so gut damit aus?“

Entspannt lehnte ich mich zurück: „Ich bin an der Ostsee geboren und aufgewachsen, wo es hohe Vorkommen an Bernstein gibt. Seit meiner Kindheit habe ich mich dadurch zwangsläufig damit beschäftigt und mein Interesse daran besteht nach wie vor.“

Officer Jasko unterbrach das Protokollieren auf seinem Laptop, stand auf und ging zu einem der Regale hinter ihm.

„Welche Stücke fehlen denn?“, frage ich in der Zwischenzeit *Detective* Sheppard.

„Alle.“

Ich schnellte hoch: „Die Vitrinen in der Ausstellung. Das Magazin. Das Depot. Alles leer? Das glaube ich jetzt nicht. Hat das Sicherheitspersonal komplett geschlafen?“

„Von welchem Depot sprechen Sie?“, fragte *Detective* Sheppard und runzelte ihre Stirn, ohne die anderen Fragen zu beantworten.

„In der Ausstellung sind besonders schöne und sehenswerte Stücke. Im Magazin befinden sich die Steine, die für wissenschaftliche Untersuchungen wichtig sein könnten, und Funde aus der neueren Zeit. Also ab 1900. Und im Depot befinden sich die älteren Exponate, die aus Sammlungen von Expeditionen davor stammen."

„Welchen genau?"

„Von den hauseigenen Expeditionen nach der Gründung 1838 auf jeden Fall. Andere Fundstücke wurden auch aus älteren Entdeckungsreisen aufgekauft. Aus welchen, weiß ich jedoch nicht aus dem Kopf. Es gibt einen Katalog."

„Verstehe. Wer hat Zugang zu dem Depot?"

„Das weiß ich auch nicht. Ich hole mir den Schlüssel immer aus dem Vorbüro von Professor Mackleboard. Also haben er und seine Sekretärin auf jeden Fall Zugriff. Die Lagerräume befinden sich in einem Gebäude am Rand von Manhattan. Fast schon Bronx, würde ich sagen."

Officer Jasko kehrte an den Tisch zurück und unterbrach das Gespräch, indem er seiner Vorgesetzten meine aufgeschlagene Personalakte hinlegte. Er zeigte auf eine Stelle. Dann blickten sich beide an.

„Sie haben noch einen zweiten Job?", wandte sich *Detective* Sheppard wieder an mich.

„Ja."

Der *Police Officer* setzte sich an seinen Platz zurück und protokollierte weiter.

„Das Leben in New York ist teuer, nicht wahr?"

„Ja." Ich runzelte meine Stirn. Worauf wollte sie hinaus? Nicht alles bezahlte mir meine Familie.

„Sicherlich stimmen Sie mir zu, dass es einfacher ist, einen Teil der *Amber Collection* anstatt eines hervorragend gesicherten Diamanten zu stehlen?"

„Ja, das sehe ich genau so."

„Ihnen sind die Sicherheitsvorkehrungen in diesem Haus bekannt?"

„Selbstverständlich. Jeder wird dazu am Anfang belehrt."

„Verstehe. Wie gestaltet sich Ihre Arbeit hier? Ich kann mir vorstellen, dass es einen als Hilfskraft etwas langweilig wird?"

„Oh, nein! Ganz im Gegenteil, sie ist sehr abwechslungsreich. Manchmal habe ich die Aufsicht hier in der Bibliothek. Dazu mache ich die Zeitungsschau. Ich habe zu prüfen, in welchen Artikeln das Museum erwähnt wird, und digitalisiere diese dann. Oft recherchiere ich für Professor Mackleboard in Magazinen oder Büchern. Dann wiederum arbeite ich an Exponaten der *Amber Collection*. Zu Forschungszwecken nehme ich auch hin und wieder ein Stück aus den Vitrinen."

„Verstehe. Was meinen Sie? Sie scheinen ein enormes Fachwissen in dieser Richtung zu haben. Ließe sich Bernstein ohne viel Aufsehen an Schmuckhändler verkaufen? Ich meine, ohne dass es der Polizei auffallen würde?"

Ich überlegte kurz. „Wahrscheinlich schon. Ich glaube nicht, dass man ein Zertifikat über die Echtheit vorlegen muss. Oder?"

„Richtig. Das wird nur bei Edelsteinen verlangt."

Detective Sheppard sah kurz zu ihrem Kollegen, der unmerklich nickte.

„Ms. Peters, wie hoch ist ihr derzeitiger Kontostand?"

Mir schoss der Puls hoch und ich wurde rot im Gesicht.

„Ms. Peters. Das finden wir auch ohne Ihre Mithilfe heraus."

„Etwa zweihundert Dollar."

„Hm. Nicht viel für Miete und Essen."

„Nein, aber ..."

Sie schnitt mir das Wort ab: „Sie antworten mir nur, wenn Sie gefragt werden."

Verärgert presste ich meine Lippen aufeinander.

„Von nun an gehören Sie zum Kreis der Verdächtigen."

„Was?" Entsetzt sprang ich auf und Tränen traten mir in die Augen. Mein Stuhl kippelte heftig und bevor er umfiel, hielt ich ihn an der Lehne fest. Das konnte doch jetzt nicht wahr sein?

„Setzen Sie sich", herrschte mich *Detective* Sheppard an und ich folgte sofort dem Befehl. Mein Herz schlug mir bis zum Hals. Es wäre besser gewesen, ich hätte keine der Fragen beantwortet.

„Wir sind nicht fertig", fuhr sie fort und jede Mütterlichkeit war wie weggewischt. „Wo waren Sie heute Nacht zwischen null und vier Uhr?"

„Zu Hause."

„Kann das jemand bezeugen?"

„Nein", schüttelte ich meinen Kopf und schrumpfte in mich zusammen. Es war *Spring Break* und meine Mitbewohnerinnen in der WG besuchten entweder ihre Familien oder waren verreist.

Kleinlaut setzte ich nach: „Ich war allein."

„Hm. Damit hatten Sie die Möglichkeit und auch ein Motiv. Verlassen Sie bitte die Stadt nicht, bevor wir es Ihnen erlauben. Verstanden? Sie dürfen jetzt gehen."

„Und was ist mit meiner Arbeit?"

„Was soll damit sein?"

„Na ja, ich bin hauptsächlich hier in der Bibliothek. Einen eigenen Arbeitsplatz habe ich nicht."

„Nicht?"

Ich schüttelte den Kopf. Was dachte sie sich? „Nein, ich bin eine Hilfskraft ohne Abschluss. Keine Wissenschaftlerin. Meine Lorbeeren muss ich mir erst verdienen."

„Ah, ja. Ich verstehe. Geben Sie *Officer* Jasko noch ihre aktuelle Handynummer und dann wenden Sie sich an das Büro Ihres Professors. Sie dürfen sich frei im Haus bewegen. Die Bibliothek bleibt so lange besetzt, bis wir alle Befragungen durchgeführt haben. Aber ich denke, dass wir das morgen beenden können. *Goodbye*, Ms. Peters."

30. JUNI 1888
KRANKENZIMMER IN DER FORSCHUNGSSTATION AUF DER INSEL JUSCHNIJ/RUSSLAND

Ich wachte auf und spürte, dass ich nicht an der Küste, sondern in einem Bett lag. In meinem? Langsam hob ich den Kopf, der sich seltsam schwer anfühlte und schmerzte wie von tausend Nadelstichen. Heiß war mir, ich hatte wohl Fieber. Ein kurzer Blick aus dem Fenster genügte mir, um festzustellen, dass ich mich in unserer Forschungsstation befand. Ein weiterer, dass ich im Krankenzimmer lag. Meine Gliedmaßen fühlten sich an, als lägen Steine darauf. Vorsichtig bewegte ich meine Zehen und Finger, was zu meiner Erleichterung problemlos funktionierte. Mein Rückgrat schien unverletzt.

Rauer Stoff rieb an meinen Waden. Ich verstand nicht, wieso. Diese kleinen Bewegungen strengten mich an, sodass ich nach den wenigen Sekunden zurück ins Kopfkissen sank und erschöpft meine Augen schloss.

9. SEPTEMBER 2019
NEW YORK CITY

Professor Mackleboard hatte mich heute zeitiger nach Hause geschickt. Das war auch besser so, denn meine Gedanken kreisten ständig um ein Thema.

Schon wieder vermeldeten die Zeitungen einen Bernsteindiebstahl. Dieses Mal in Buenos Aires, der Hauptstadt Argentiniens. Der zwölfte weltweit, von dem ich wusste. Es war nur eine Randmeldung in der *Daily News* gewesen und beinahe hätte ich sie überlesen. Neben einem ebenso kurzen Artikel, dass irgendwo in China mal wieder irgendein Virus ausgebrochen war. Mich beunruhigten diese Vorfälle aufs Äußerste, doch wusste ich nicht, aus welchem Grund.

Was könnte jemand mit so vielen Steinen, die einen finanziellen Wert von höchstens dreißigtausend Dollar hatten, nur wollen? Es erschien mir widersinnig, dafür in hochgesicherte Museen oder Schmucktempel einzubrechen, denn es war den ganzen Aufwand schlichtweg nicht wert. Jedes Schmuckgeschäft an der Ostsee besaß mehr von diesen gelben Steinen, und dazu mit viel höheren Werten, als denen der Bernsteine, die in New York gelagert hatten.

Ich nahm die Post aus der Mailbox und war erstaunt, dass sich ein Brief meiner Tante Annelies darunter befand. Außer einer Geburtstagskarte hatte sie mir sonst nie geschrieben. Etwas wehmütig erinnerte ich mich, dass ich meine Familie allesamt das letzte Mal vor über einem Jahr gesehen hatte.

Meine Neugier war geweckt. Noch im Fahrstuhl öffnete ich den gepolsterten Umschlag aus Büttenpapier, dem ich mehrere eng beschriebene Blätter entnahm, und las. Sie hatte sich nicht einmal die Mühe gemacht auf privatem Briefpapier zu schreiben, sondern die einfachen Bögen mit dem Firmenlogo unserer Familie benutzt. Ein stilisierter Bernstein.

So richtig schlau wurde ich aus dem Inhalt nicht. Ihre Ausführungen klangen verworren, was völlig untypisch für sie war.

Sie bat mich, schnellstmöglich nach Deutschland zurückzukehren. Zu dumm, dass ich New York nicht verlassen durfte.

Ob ich die Polizei bitten sollte, nach Hause fahren zu dürfen? Doch dann hätten sie möglicherweise den Brief meiner Tante als Beweis sehen wollen. Es standen Dinge drin, die erstens die Polizei nichts angingen, da sie meiner Meinung nach privat waren, zweitens, die sie nicht in der Aufklärung des Diebstahls voranbrachten und die drittens womöglich ein schlechtes Licht auf mich warfen, was den Einbruch im Museum betraf.

Tante Annelies schloss nämlich mit den Worten, dass ich ihr Geschenk von meinem fünfzehnten Geburtstag von nun an nicht nur am Tag – und ab und zu – sondern ständig tragen sollte. Dann wäre ich geschützt, vor was auch immer, und nichts könnte mir passieren, was auch immer das sein sollte. Sie gab mir in ihrem Brief keine weitere Erklärung. Es war mir ein Rätsel.

Litt sie auf ihre alten Tage unter Halluzinationen? Hoffentlich nicht, aber es war anzunehmen. Hatte sie die Neunzig bereits überschritten? Ich war mir nicht sicher. Wer zählt schon die Jahre im Alter?

Unter meinem Poloshirt zog ich meine Kette hervor. Was Tante Annelies nicht wusste war, dass ich ihr Geschenk seit meiner Abreise aus Deutschland bereits ununterbrochen trug. Es gab mir ein Heimatgefühl. Es mochte vielleicht Einbildung sein, aber so war es nun mal.

Ich stieg aus dem Fahrstuhl im neunten Stock und blieb am Flurfenster stehen. Nachdenklich drehte ich den Bernsteinanhänger im Gegenlicht der Nachmittagssonne und betrachtete ihn genauer. Was hatte es mit dem Schmuckstück auf sich? Warum sollte ich ihn tragen?

Der gelbe Tropfen war fast so lang wie mein Daumen und dick wie ein *Quarter-Dollar*. Abgesehen von der Größe war daran nichts Außergewöhnliches. Weder ein Einschluss von Spinnenbeinen, Ästchen oder zumindest einem Farnblättchen noch irgendeine andere Besonderheit, der den Stein wertvoll gemacht hätte. In meinem Anhänger sah ich wie immer die roten Sprenkel, die den Experten zufolge lediglich aus Staub entstanden und ziemlich häufig waren.

Die Erwähnung der Kette im Brief und dass der Anhänger aus Bernstein bestand, machten mich in den Augen von *Detective* Sheppard vermutlich nur noch verdächtiger. Ich musste mich also gedulden.

Unsere WG bestand aus fünf Studentinnen. Keine von uns hätte sich die Miete für eine Wohnung in Brooklyn allein leisten können.

Ich schloss auf und ein „Au! Kannst du nicht aufpassen?“, wurde mir entgegen gebrüllt.

Chelsea lag mit ihrem gebrochenen Bein auf der Couch und ließ sich von Carla betüdeln, die anscheinend nicht vorsichtig genug beim Hochlegen gewesen war. Einen Teufel hätte ich getan, um ihr zu helfen. Ich hatte kein Mitleid mit ihr, denn ich hatte sie beim Training gewarnt. Mehrmals.

Wer bewusst ein Risiko einging, der musste die Folgen bedenken und damit leben. Ob er damit klarkam oder nicht.

Wer, wie in ihrem Fall, beim Freeclimbing die Sicherung lasch nahm, hatte im Extremfall Pech. Chelsea konnte froh sein, dass sie so glimpflich davongekommen und nichts anderes als ihr Bein zu Schaden gekommen war. Andere saßen nach solchen Unfällen querschnittsgelähmt im Rollstuhl.

Manche Personen wurden erst aus ihren Fehlern schlau. Oder auch nicht. Chelsea hatte als Texanerin ein Freiheitsbedürfnis, wie ich es nie zuvor erlebt hatte. In nichts ließ sie sich Vorschriften machen. Als Deutsche, die an Regeln und Gesetze gewöhnt war, kam ich damit kaum zurecht. Ich brauchte keine *Best-Friends-Forever* und sie schon gar nicht.

„Hej Girls“, grüßte ich daher kurz und verschwand sofort in meinem Zimmer. Ich schnappte mir meinen Rucksack mit den Arbeitssachen und die Tasche fürs Training. Nach dem Sport ging es gleich weiter zu meinem zweiten Job als Kassiererin im *24-Hour-Supermarket,* einige Straßen weiter.

So schnell wie ich gekommen war, verließ ich die Wohnung wieder.

7. JULI 1888
KRANKENZIMMER IN DER FORSCHUNGSSTATION AUF DER INSEL JUSCHNIJ/RUSSLAND

Plötzlich hob jemand meinen Oberkörper hoch. Heiß war mir. Unverändert. Ich fühlte den Rand einer Porzellantasse an meinen Lippen. Tropfen warmen Salbeitees rannen mir bitter die Kehle hinunter.

Unbekannte Stimmen drangen an meine Ohren.

Unverständlich für mich. Sie dröhnten in meinem Kopf. Mein Atmen glich einem Pfeifen. Übertönte alles. Lediglich wenige Wortfetzen vernahm ich.

Ein Stich fuhr mir in den rechten kleinen Finger und ein Tropfen Blut quoll heraus. Ein kurzer Wisch darüber mit einem Mullstoff. So schnell, dass ich dachte, es mir nur eingebildet zu haben. Kurz meinte ich, so etwas wie Erleichterung in mir zu spüren und ein Licht, dass nur von der Sonne durch ein Fenster kommen konnte, erhellte mich.

Verschorfte Hände streiften mir etwas über den Kopf. Eine Kette mit einem Anhänger legte sich schwer auf mich und kühlte kurz meine glühende Haut.

Ich blinzelte, versuchte meine verklebten Augen zu öffnen

und sah verschwommene Konturen im Sonnenlicht. So viel erkannte ich, das Krankenzimmer hatte ich nicht verlassen. Wie lange war ich bereits hier?

Schritte entfernten sich und eine Tür öffnete und schloss sich wieder. Dazwischen das Pfeifen meiner Lunge. Es tat weh. Höllisch. Wie nie zuvor.

Behutsam trugen mir stumme Hände eine scharfriechende Salbe auf meinen Brustkorb auf, sodass ich husten musste.

Schlimmere Schmerzen als vorher. Kaum auszuhalten. Ich hätte schreien mögen. Doch ich stöhnte nur und versuchte, mich auf die Seite zu drehen. Mit mir unbekannter Hilfe gelang es.

Endlich hörte das Husten auf.

Die Erschöpfung danach war unerträglich, mir begannen die Sinne zu schwinden. Kraft- und willenlos blieb ich zurück.

18. OKTOBER 2019
DEUTSCHE OSTSEEKÜSTE

Der feine Sand knirschte zwischen den Zehen und kühlte meine Füße. Endlich stand ich hier, obwohl ich mich anfangs heftig gewehrt hatte.

Die See schwappte müde ans Ufer und auch die Herbstsonne schickte sich an unterzugehen. In diesem Moment fühlte ich mich meiner Tante so nah wie zu meiner Kindheit. Den Großteil der Sommerferien hatte ich bei ihr verbracht. Oft auch die Herbstferien. Jeden Abend waren wir hierher gekommen und der Tag war damit ausgeklungen.

Wochen waren mittlerweile vergangen, ehe mir *Detective* Sheppard erlaubte, New York sowie die USA am *Columbus Day* zu verlassen und hierher zu reisen. Letztendlich gab meine Bemerkung zu den anstehenden Feiertagen den Ausschlag, dass ich nach Hause fliegen durfte. Musste allerdings meine Aufenthaltsadresse beim *NYPD* hinterlegen.

Ein Tag nachdem der Brief von Tante Annelies bei mir eingegangen war, hatte ich versucht, sie telefonisch zu erreichen. Ohne Erfolg. Daher informierte ich meine Geschwister und Eltern. Sie fragten jeden, den sie kannten. Keiner wusste, wo sie war. Dann gaben sie eine

Vermisstenanzeige bei der Polizei auf. Bis zum heutigen Tag war die Suche nach ihr erfolglos geblieben und ihre Leiche glücklicherweise nicht gefunden worden.

Per *Skype* hatten wir kurz danach einen Familienrat abgehalten. Als erstes waren meine Eltern und meine Geschwister gleichermaßen etwas sauer, weil ich ihnen verschwiegen hatte, dass ich bei der New Yorker Polizei unter Tatverdacht für die Bernsteindiebstähle stand. Allesamt hatten sie mir heftige Vorwürfe gemacht, sie nicht um Hilfe gebeten zu haben. Dass ich volljährig war, interessierte dabei kein Stück.

Nachdem sich alle wieder beruhigt hatten, konnten wir das besprechen, um was es eigentlich gehen sollte. Nämlich die Firmengeschäfte.

Unser Familienbetrieb war im 19. Jahrhundert gegründet worden und zu einer Großfirma gewachsen. Hauptgeschäft war die Getränkeherstellung unter Führung meiner Eltern und unter Mitarbeit meiner älteren Schwester und meines Bruders.

Tante Annelies kümmerte sich von jeher um das Sanatorium an der Ostsee. Seit ihrem Verschwinden führte es meine Mutter neben ihren eigentlichen beruflichen Verpflichtungen. Doch auch ihr Tag hatte nur vierundzwanzig Stunden. In fremde Hände wollten sie die Geschäftsführung nicht geben.

Da ich ja „nur" Studentin war und keiner nennenswerten Arbeit nachging, sollte ich nach Deutschland zurückkommen.

Ich hatte nicht fassen können, was meine Familie einstimmig von mir verlangte.

Zuerst hatte ich gedacht, ich solle mein Studium abbrechen und protestierte. Ich wollte partout in den USA bleiben und mein Studium beenden, das eben keine Selbstverständlichkeit war. Als aber das Wort „Urlaubssemester" fiel, war ich beruhigt gewesen und hatte nachgegeben.

Die Sonne ging unter. Übrig blieben lilagraue Schleierwolken, die am Horizont mit dem Meer verschwammen. Wind kroch unter meinen Regenmantel und mir fröstelte.

Ich drehte mich um und schlenderte zu den Dünen. Auf den hölzernen Bohlen, die den Übergang zur Promenade bildeten, zog ich meine Turnschuhe wieder an. Ein letztes Mal schaute ich zurück und machte mich auf den Rückweg. Zum Sanatorium „Sonnenblick“, meinem neuen Zuhause für die nächsten Monate.

Wie jeden Abend rahmten die Laternen die Wege, auf der wenige Spaziergänger flanierten. Letzte Kurgäste der Saison.

Das Meer war hier kaum noch zu hören. Die Kiefern zwischen Düne und meinem Fußweg knarrten und hielten den Wind ab.

Kinder, die Fangen spielten.

Jugendliche, die – wie in jeder Generation – ihre Musik laut aufdrehten und ihren Spaß hatten.

Frauen, die ihre Männer ausführten, und umgedreht.

Hundegebell.

Krückstockgeklacker und Rollatoren, die dem dritten Lebensalter halfen. Dazwischen ich.

Weit hatte ich es nicht. Keine zehn Minuten später bog ich auf einen breiten backsteingepflasterten Weg, das viergeschossige Haus im Schweizer Stil dahinter hell beleuchtet.

Wir waren voll belegt und nur vereinzelte Fenster dunkel hinter den galerieartigen Holzbalkonen. Bald war Abendbrotzeit.

Die Blaue Stunde war mir die liebste Zeit des Tages. Jeder bereitete sich auf die Nacht vor und es wurde überall still. Egal an welchem Ort der Erde ich mich befand. Auch in New York war es so gewesen, obwohl der Straßenverkehr ständig rauschte. Jedes Mal legte sich die Ruhe auf mich.

Ich stieg die Stufen des Treppenaufgangs hoch bis zur *Loggia*, die um diese Zeit meist verwaist war. In den vielen Strandkörben, die hier standen, saß niemand mehr. Durch die hohen Holzfenster, an denen bereits die weiße Farbe abblätterte, sah ich in den für die Hausgäste reservierten

Bereich des Restaurants. Manfred, Isabell und Margo gaben dem Büffet den letzten Schliff. Das Mineralwasser aus unserer Hausquelle, welchem durch die Lagerung in bernsteinverkleideten Fässern Heilkräfte nachgesagt wurden, stand ebenfalls für die Gäste bereit. Wahlweise mit oder ohne Kohlensäure. Alles sah wundervoll und appetitlich aus. Wie ich es nicht anders von den drei guten Hausgeistern gewohnt war.

Doch warum benahmen sich die Drei nur ständig so sonderbar mir gegenüber? Ihr Verhalten war merkwürdig und ein bisschen mysteriös.

Sie taten alle so, als wäre meine Tante noch am Leben und sagten mir ständig, dass sie nicht tot sei und bald wiederkäme. Ich verstand ihre Zuversicht überhaupt nicht. Im Grunde genommen legten sie eine Sorglosigkeit an den Tag, die mich verwirrte. Ein Rätsel von vielen.

Das Quellwasser und ein Naturheilkundebuch hatten den Reichtum dieses Sanatoriums und den meiner Familie begründet. Die Meerluft trug ebenfalls positiv dazu bei und unser guter Ruf bei der Genesung von Lungenkranken hatte sich rasch über die ganze Welt verbreitet.

Die Türklinke knirschte etwas, als ich sie hinunterdrückte, und beim Eintreten quietschten die eisernen Angeln. Henry, unser Hausmeister, sollte hier ölen. Ich würde ihm Bescheid geben.

Muschelgraue Läufer, maisgelb umrandet, dämpften meine Schritte auf dem Fliesenboden des *Entrees*. Auf beiden Seiten der Wände begleiteten mich schmale Wandlampen von bestimmt einem Meter Höhe, die sich wie Wächter durch das gesamte Haus zogen. Die Schirme bestanden allesamt aus Bernstein. Deren Licht verstärkte für mich jedes Mal aufs Neue den Anschein, sich in einem Palast voller Wunder und Magie zu befinden.

Tante Annelies' Wohnung lag im Dachgeschoss und ich schlief in ihrem Gästezimmer, das in einem der drei Erkertürme untergebracht war.

Es hatte ebenfalls einen Balkon, auf den ich nun hinaustrat. Hier stand einer der typischen Ostseestrandkörbe mit rotweiß-gestreiftem Design. Ich setzte mich, zog meine Beine an und sah in die Nacht hinaus, ohne an etwas Bestimmtes zu denken.

Die Glocke zum Abendessen läutete. Das war zwar altmodisch, aber für jemanden, der wie ich die Zeit vergessen hatte, äußerst wirkungsvoll. Schnell zog ich mich um. Auf Make-up verzichtete ich bewusst. An der See legte kaum jemand Wert darauf, ich am allerwenigsten.

Außerdem kannte ich die meisten unserer Gäste bereits als Kind oder Jugendliche.

Der Abend schritt voran und verlief wie üblich, bis ich feststellte, dass Mary noch nicht gekommen war. Die Siebzig hatte sie weit überschritten. Jedes Jahr besuchte sie uns hier im Sanatorium.

Der Saal leerte sich und Margo begann das Buffet abzuräumen.

Ich ging zu einem der Tische an der Fensterfront. „Guten Abend, Frau Vogler."

„Guten Abend, meine Liebe."

Nach einem kurzen Small Talk fragte ich sie nach Mary, die das Zimmer neben ihr bewohnte. Doch sie hatte sie den ganzen Tag nicht gesehen.

Ein mulmiges Gefühl erfasste mich. Schnell verabschiedete ich mich von Frau Vogler und ging nach oben. Als sich nach meinem Klopfen nichts regte, schloss ich mit dem Generalschlüssel auf. Ich rief mehrmals Marys Namen. Nichts rührte sich. Niemand antwortete.

Ich schaltete das Licht an und sah auf den ersten Blick nichts Ungewöhnliches. Nur Mary fehlte. Ich sah mich genauer um. Lag da etwas im Schatten unter dem Bett? Es war kaum zu erkennen – und doch – meine Kette?

Ich hob sie auf und griff mir gleichzeitig an den Hals. Mein Talisman war bei mir.

Aber warum besaß Mary eine Kette mit einem ähnlichen

Bernsteinanhänger wie meinen? Das verstand ich nicht. Dachte ich doch bis jetzt, dass nur Familienmitglieder eine solche trugen.

Außer das Mary ihre Kette verloren hatte, sah ich keine Anzeichen für einen Überfall oder einen Einbruch. Die Polizei jetzt zu rufen, machte also keinen Sinn. Ich beschloss, ruhig zu bleiben und abzuwarten. Was blieb mir anderes übrig?

Am Mittag des nächsten Tages tauchte Mary wieder auf. Etwas verwirrt erschien sie mir, jedoch ohne Verletzungen. Sie wusste nicht mehr, wo sie die vergangenen Stunden gewesen war und ging davon aus, dass sie tief geschlafen hatte. In ihrem Bett jedenfalls nicht, so viel stand für mich fest. Vielleicht hatte sie ein Schäferstündchen gehabt und wollte es mir bloß nicht sagen, weil es ihr peinlich war. Innerlich amüsierte ich mich darüber. Mir war vorher nie in den Sinn gekommen, dass der Liebe das Alter ziemlich egal ist.

31. DEZEMBER 2019
DEUTSCHE OSTSEEKÜSTE

In den folgenden Wochen beobachtete ich dasselbe auch bei Manfred sowie zwei weiteren Stammgästen. Ich wusste mir keinen anderen Rat und vertraute mich am Silvestertag Henry an. Er war der beste Freund meiner Tante, wohnte hier auf dem Gelände des Sanatoriums und ich kannte ihn von Kindesbeinen an und am längsten von den Angestellten.

„Weißt du Henry, mir macht Angst, dass ich alle Personen schon Ewigkeiten kenne. Einen anderen Zusammenhang außer zu meiner Person erkenne ich nicht."

Henry räusperte sich und schien verlegen. Ich legte meine Hand auf seinen Arm. „Du verheimlichst mir etwas", stellte ich fest und er tätschelte meine Hand.

„Ich darf es dir nicht sagen."

„Wie bitte?" Ich glaubte, mich verhört zu haben und rückte von ihm ab.

„Ich darf nicht. Ich kann nicht. Und ich will auch nicht. Zu viel steht auf dem Spiel und wir wollen nicht, dass du dich in Gefahr begibst. Das ist es nicht wert."

Verärgert schnaubte ich auf. „Übertreibst du nicht? Du klingst, als stünde eine Apokalypse bevor."

Henry legte den Kopf schief und schaute mich mitleidig an: „Eine?“

Dann stand er auf und ging.

WAS war das eben gewesen? Ich wusste es nicht einzuordnen, hatte aber keine Zeit, lange darüber nachzudenken. Die Silvesterfeier stand an. Das Beste wäre, eine Nacht darüber zu schlafen. Morgen könnte mich in Ruhe damit auseinandersetzen. Und dann auf jeden Fall erneut mit Henry reden. Und wen meinte er mit „wir“?

1. JANUAR 2020
DEUTSCHE OSTSEEKÜSTE

Doch mit Henry zu reden, blieb am nächsten Morgen keine Zeit.

Es war Punkt sechs Uhr in der Frühe, als jemand laut und lange an der Wohnungstür klopfte, dann sogar dagegen hämmerte, und ich mich gezwungen sah, aufzustehen. Vier Stunden hatte ich geschlafen und das war zu wenig.

Ich zog mir einen Hoodie über meinen Schlafanzug und öffnete die Tür.

Dann blickte ich in ein Gesicht, das mir vertraut war.

Kriminalhauptkommissar Schäfer. Ihn kannte ich, seit er die erste Verkehrsschulung in meiner damaligen Kindergartengruppe durchgeführt hatte. Später hatte ich ihn in der Schule zu den Präventionsstunden wiedergesehen. Für mich schien er unverändert wie eh und je. Ein Fels in der Brandung. Väterlich.

„Guten Morgen, Frau Peters. Darf ich hereinkommen?"

„Jaja. Klar", stotterte ich. „Was ist passiert?" Mir fiel auf, dass ich die vergangenen Monate recht häufig mit der Polizei zu tun hatte und kam mir wie eine Verbrecherin auf Freigang vor.

„Wir haben eine Leiche gefunden."

Ich befürchtete das Schlimmste.

„Meine Tante?", flüsterte ich und meine eiskalten Hände griffen an meinen Hals. Das Atmen fiel mir schwer.

Der Hauptkommissar packte mich an den Oberarmen. „Tief durchatmen. Es ist ein Mann. Nicht Ihre Tante."

„Nicht?"

Er blickte mir fest in die Augen und schüttelte den Kopf. „Nicht."

„Oh! Gut. Nein, nicht gut. Wieso eine Leiche? Wer ist der Mann?" Was hatte eine Leiche mit mir zu tun? Ich war völlig durcheinander.

„Setzen Sie sich erst einmal."

„Jaja. Danke."

Auf dem Tisch stand noch ein halbvolles Glas Wasser von gestern, dass ich hastig austrank. Danach ging es mir etwas besser.

„Geht es wieder?"

„Jaja. Klar."

„In Ordnung. Ich habe einige Fragen und vielleicht können Sie mir weiterhelfen."

Ich nickte.

„Wir fanden am Strand eine Leiche. Männlich. Mitte Vierzig. Westeuropäisch. Name unbekannt. Keine zwei Dünenaufgänge von hier. Bei sich trug er dies hier."

Er zeigte mir einen vergilbten Stofffetzen. Unverkennbar.

„Das ist unser Bernsteinlogo."

„Richtig."

Der Hauptkommissar öffnete eine Aktenmappe und legte mir ein Foto daraus vor. „Das ist er. Kennen Sie diesen Mann?"

Ich erschrak und wandte erst einmal mein Gesicht ab. So auf nüchternem Magen eine Leiche präsentiert zu bekommen, war nicht mein Ding. Auch wenn ich im Rahmen des Studiums bereits bei einer Sektion hatte zuschauen dürfen, war ich erst einmal schockiert. Ich biss die Zähne zusammen und dann schaute mir das bleiche

Totengesicht länger an. „Nein, ich kenne ihn nicht. Tut mir leid.“

„Er trug einen Laborkittel. Standard. Kann man überall in Deutschland erwerben.“

„Wir haben ein kleines Labor zur Qualitätsüberwachung des Heilwassers. Er gehörte meines Wissens nicht zu unserem Mitarbeiterstamm. Vielleicht kennen ihn meine Eltern.“

„Ich fahre dann zu ihnen und muss sie sowieso befragen. Routine.“

„Klar“, antwortete ich. „In unserer Arztpraxis und in den Behandlungsräumen werden auch Kittel verwendet.“

„Gut. Meine Mitarbeiter und ich überprüfen das. Sie erstellen mir bitte eine Liste aller Angestellten hier im Haus.“

Das war schnell erledigt und ich übergab ihm die ausgedruckte Übersicht der Personaldatei.

„Hier ist meine Visitenkarte. Über die Handynummer können Sie mich meistens erreichen. Ansonsten ist es auf das Bereitschaftstelefon eines Kollegen umgestellt. Wenn Ihnen also noch etwas ein- oder auffällt, rufen Sie mich bitte an.“

„Mache ich. Danke.“ Ich tippte seine Telefonnummer sofort in mein Handy. Vorsicht ist besser als Nachsicht, dachte ich mir.

Ich begleitete Hauptkommissar Schäfer nach unten und schloss alle Räume der privaten Praxis und die Behandlungsräume auf. Zwei Polizeibeamte, die ihn begleitet hatten, nahmen sämtliche Kittel mit. Für mich hatten sie jedoch weder von der Stoffbeschaffenheit noch von der Farbe her eine Gemeinsamkeit mit dem des vom Toten getragenen Kleidungsstückes. Selbstverständlich konnte ich mich irren.

Bald verabschiedeten sich Hauptkommissar Schäfer und seine Kollegen.

Die Rätsel um mich herum vermehrten sich ins Unendliche.

21. JULI 1888
KRANKENZIMMER IN DER FORSCHUNGSSTATION AUF DER INSEL JUSCHNIJ/RUSSLAND

Das Frühstück war karg. Haferbrei. Mehr vertrug mein Körper noch nicht. In den Spiegel mochte ich nicht schauen. Ich konnte mir gut vorstellen, welches abgemagerte Gerippe mir entgegenblicken würde. Wenigstens die Haare hatten sie mir gewaschen.

Ein paar Stunden später öffnete sich meine Zimmertür, ich drehte den Kopf und sah George hereinkommen. Mit ihm schwappte ein Gefühl von Vertrautheit und Sicherheit hinein. Der Raum schien plötzlich heller und heimeliger. Ich lächelte. Es tat gut, ihn zu sehen.

„Na, was machst du denn für Sachen?", begrüßte er mich und lächelte zurück. „Ich habe mir Sorgen um dich gemacht. Dein Leben hing nur noch an einem seidenen Faden. Weißt du das eigentlich?"

„So schnell wirst du mich nicht los."

„Ach, Anouschka." Inbrünstig nahm er meine Hand und küsste sie.

„Ich liebe dich."

„Ich dich auch."

Ächzend versuchte ich mich aufzurichten.

„Bleib liegen", bat er. „Du bist zu schwach. Ich hole die Schwester."

Als er zurückkam, begleitete ihn eine Frau der Nenzen, dem einheimischen Volk hier auf der Insel. Zusammen drehten sie mich auf meine linke Seite. Mein rechter Arm war eingegipst und lag schwer auf meiner Hüfte. Leise bedankte ich mich.

„Du lagst drei Wochen im Fieber", setzte George unser Gespräch fort.

„Das ist lang. Ich habe nur wenig mitbekommen. Sag mal, ich hatte so einen komischen rauen Stoff an meinen Beinen."

Er lachte. „Jemand kam auf die Idee, dir wie bei den Pferden einen Wickel an den Waden anzulegen. In lauwarmes Wasser getunkt, hat der Stoff um deine Waden das Fieber gesenkt."

„Manchmal sind neue Methoden gut."

George nickte.

„Und die Kette? Ist die von dir? Sie ist wunderschön", lächelte ich ihn an.

„Nein, sie ist nicht von mir. Es ist Bernstein. Die Nenzen haben ihn dir geschenkt. Er soll dich angeblich beschützen."

Er rollte mit den Augen und jetzt lachte ich. „Eine Art Talisman soll mich beschützen? Vor was?"

„Vor der Krankheit, die dich befallen hat."

„Wegen eines Bernsteins bin ich wieder gesund geworden?", fragte ich skeptisch.

„Sagen sie jedenfalls. Bestimmt glauben sie auch daran. Ich aber nicht."

22. MÄRZ 2020
DEUTSCHE OSTSEEKÜSTE

Die Corona-Krise hatte Deutschland fest im Griff. Heute war der erste Tag des Lockdowns. Geschäfte zu. Schulen zu. Hotels zu. Gaststätten zu. Sportstätten zu. Kinos und Theater zu. Pflicht, einen Mund-Nasen-Schutz in Supermärkten und Tankstellen zu tragen.

Die neuen Hygienevorschriften in unserem Hause umzusetzen, war leicht. Lungenkrankheiten waren unser Fachgebiet. Schutzkleidung hatten wir ausreichend vorrätig. Jedoch wurde unsere Ärztin von der Ärztekammer gebeten, ihre Sprechstunde bei uns vorübergehend auszusetzen und sich komplett auf Einsätze in ihrer Praxis zu konzentrieren. Aufgrund der ungewissen Lage erschien es mir logisch. Leider waren wir keine staatlich anerkannte Kureinrichtung, sondern als Hotel klassifiziert. Es hatte nie die Notwendigkeit bestanden, uns um eine solche Zulassung zu bemühen.

In allererster Linie bedeutete das, dass das Sanatorium geschlossen werden, ich jeden einzelnen der Angestellten in Kurzarbeit und zum Arbeitsamt schicken musste. In der über hundertjährigen Geschichte unseres Hauses war das noch nie zuvor passiert. Selbst in den zwei Weltkriegen brauchte man uns als Lazarett für die Versorgung der Kriegsverletzten.

Ich hatte mein Bestes gegeben und dementsprechend heiß war mein Telefon gelaufen. Doch genützt hatte es nichts.

Finanziell war es für unsere Familie glücklicherweise ein Nullsummenspiel. Die Haupteinnahmequelle war immer noch die Getränkeherstellung und das wurde nach wie vor, nun verstärkt über unseren Online-Handel, gekauft.

Da wir nur ältere Personen unter den Gästen des Sanatoriums hatten, herrschte riesengroße Verwirrung unter ihnen. Die Vorschriften zu Covid-19 musste ich jedem einzeln erklären. Im Gegensatz zu den jüngeren Generationen besaßen sie weder Handy noch Laptop. Die aktuellen Informationen erfuhren sie ausschließlich durch die Nachrichten. Hinzu kam, dass die Erkenntnisse über die Pandemie und die Erkrankung sich ständig änderten und mit ihnen die gesetzlichen Vorschriften.

Es gab weder eine Sonderausgabe der Amtsblätter noch Flyer der Gesundheitsämter, die das alles vereinfacht hätten. Zum ersten Mal war ich froh, dass meine Tante nicht hier war.

Private Aufenthalte waren verboten. Ausnahmslos jeden Gast mussten wir deshalb zurück nach Hause schicken. Bei der Abreise vor Beginn des Lockdowns herrschte ein heilloses Durcheinander.

Frau Tarsius, eine unserer Stammgäste, weinte. Ihr Sohn war in vorsorglicher Quarantäne und sie machte sich Sorgen um ihn.

Er wollte sie nach ihrem Urlaub hier abholen, aber das ging ja nun nicht. Jetzt musste sie mit dem Zug fahren. Sie verstand, dass sie eine Maske tragen musste. Gleichzeitig hatte sie Angst. Aufgrund ihrer Schwerhörigkeit hatte sie sich angewöhnt, von den Lippen abzulesen. Wen sollte sie jetzt fragen, wenn sie nicht mehr weiter wusste?

Ich versuchte sie zu beruhigen und erklärte ihr, dass sie das ihrem Gegenüber erklären musste. Am liebsten hätte ich sie selbst nach Hause gefahren. Aber nach Österreich war ein weiter Weg und vermutlich hätte ich selbst in Quarantäne gemusst.

Bei der Einreise? Bei der Ausreise? Beides? Es war mir zu unsicher. Ich hörte auf, darüber nachzudenken, da ich Deutschland nicht verlassen wollte.

In den zahlreichen Vorschriften fand auch ich mich immer weniger zurecht. Jeder sagte etwas anderes. Keiner wusste etwas Genaues. In den Medien erfuhr ich zwar von den Hauptpunkten. Einzelne Fragen, die ich mir stellte, blieben jedoch unbeantwortet. Jemanden beim Gesundheitsamt telefonisch zu erreichen, schien ein Ding der Unmöglichkeit. Meine Familie wusste selbstverständlich nicht mehr als ich.

Also nahm ich mir die Zeit, anstatt in Hilflosigkeit zu verfallen und las mir sämtliche Verordnungen durch. Die waren teilweise in solch einem Juristendeutsch geschrieben, dass ich Mühe hatte, sie zu verstehen. Statt mich nur auf die Nachrichten zu verlassen, war der Situationsbericht des RKI zu COVID-19 meine tägliche Lektüre.

Es herrschte Chaos und ich wollte in diesem Moment nicht in der Haut der Politiker stecken.

Andererseits war ich auch froh über die Schließung, da seit Januar zwei weitere Stammgäste sowie Margo und Isabell kurz verschwunden und im gleichen verwirrten Zustand wie damals Mary zurückgekommen waren. Sieben waren es nun insgesamt. Ich hatte das Gefühl, sie wussten mehr, als sie mir sagten. Allen voran Henry. Doch ich fand nichts heraus. Selbst der Buschfunk des Ortes funktionierte nicht.

Ich durfte nicht zurück in die USA. Zuerst wollte ich es nicht wahrhaben, doch schließlich musste ich es mir eingestehen. Die Grenzen waren zu, das Urlaubssemester bald beendet und von Tante Annelies weiterhin keine Spur.

Glücklicherweise war die Verlängerung um ein weiteres Urlaubssemester problemlos online möglich. Doch wie lang sollte das weitergehen? Schon jetzt verglichen Wissenschaftler die Pandemie mit der Spanischen Grippe, die drei Jahre dauerte. Das war eine lange Zeit. Hoffentlich würden durch die weltweiten Umstände in der Zukunft Sonderregelungen erlassen werden, die es mir ermöglichten, zurückzukehren und da weiterzumachen, wo ich aufgehört hatte.

Ich igelte mich ein, konzentrierte mich entweder auf mein Studium, las viel Fachliteratur, oder brachte Ordnung in die Ordnerstruktur auf dem Computer des Sanatoriums, bestellte nur noch online und ließ mir alles nach Hause liefern. Lebensmittel bekam ich vom Supermarkt am Ortsrand und Getränke vom Händler im Nachbardorf geliefert. Die Paketboten waren mein einziger menschlicher Kontakt in dieser Zeit.

24. APRIL 2020
DEUTSCHE OSTSEEKÜSTE

Nach einem Monat merkte ich, dass sich die Situation kaum änderte und ich mich bewegen musste. In Scharen zogen Familien mit ihren Kindern an meinem Balkon vorbei. Da das Sanatorium am Ortsrand lag und sich in der Vergangenheit kaum jemand bis hierher verirrt hatte, war das ungewöhnlich. Also schloss ich mich den Spaziergängern an. Mein eigenes Tempo war nicht möglich. Unsicherheit erfasste mich. Durfte ich die Familie vor mir, die mit einem kleinen vielleicht dreijährigen Mädchen nur langsam auf ihrem Weg vorankam, überholen oder nicht? War der Sicherheitsabstand damit eingehalten oder nicht? Am Strand sah es nicht anders aus.

Ich konnte mich nicht entspannen, verzichtete tagsüber auf die Spaziergänge und verlegte sie auf dreiundzwanzig Uhr, um niemandem begegnen zu müssen.

Eine weitere Tatsache beunruhigte mich, die mittlerweile in den gedruckten Ausgaben der Tageszeitungen keinerlei Erwähnung fand, sondern nur in kleinen Nachrichtenmeldungen im Internet: Bernsteindiebstähle häuften sich weltweit und die Bestände verkleinerten sich. In der gesamten Situation um den Corona-Virus ging das – wie so vieles mehr – völlig unter und es interessierte scheinbar niemanden.

Dafür gab es Artikel über irgendwelche Verschwörungstheorien, dass das Virus nicht existent war. Dabei schüttelte ich den Kopf und dachte: „Die Leute glauben heutzutage aber auch wirklich alles."

Am Abend verließ ich eine Stunde vor Mitternacht das Haus. Im Grunde genommen ging ich jeden Tag dieselben Wege. Mal links herum, mal rechts, mal in Schlangenlinien oder in einer Acht.

Wie eine Gefangene auf begrenztem Ausgang kam ich mir vor. Für mich fühlte es sich wie eine Bestrafung und nicht wie ein Schutz an. So nach dem Motto: Du hast etwas angestellt? Dann bekommst du Hausarrest.

Nur hatte ich nichts angestellt. Von allem und jedem hielt ich mich fern und blieb gesund.

Zumindest körperlich. Innerlich fühlte ich mich erschöpft und schwach. Dabei hätte ich zufrieden sein müssen. Immer wieder redete ich mir ein, dass ich auf hohem Niveau jammerte.

Meine älteren Geschwister hatten Familie und Kinder. Völlig vom Tag abgekämpft, setzten sich mein Bruder und seine Frau abends noch hin und arbeiteten, anstatt ihren Feierabend zu genießen. Er kümmerte sich tagsüber um seine große Tochter, die die dritte Klasse besuchte. Mit den Hausaufgaben kamen sie kaum hinterher. Seine Frau beschäftigte die sechsjährigen Zwillinge, die dieses Jahr in die Schule kommen sollten. Sie stießen an ihre Grenzen und merkten, dass sie eben keine Pädagogen waren und es nie sein wollten. Abwechselnd kochten sie Mittagessen. Für Video-Gespräche mit mir waren sie dann viel zu müde.

Gemeinsam hatten wir in der Familie beschlossen, dass ich das Haus hier weiterhin hüten sollte. Wir waren uns einig, dass sonst irgendwann Randalierer und Plünderer die Situation ausnutzen und einbrechen würden.

Ganz allein war ich nicht. Henry wohnte in einem Nebengelass. Außer für einen Gruß von der Ferne verzichteten wir auf weiteren Kontakt. Manchmal dachte ich, dass er mich absichtlich mied.

Im Gehen kamen meine Gedanken und gingen wieder wie die Meereswellen am Ostseestrand.

Tante Annelies blieb verschwunden und das war mir unheimlich.

Ich rückte mir meinen Rucksack zurecht. Darin befand sich eine Taschenlampe. Denn ich hatte vor, einen Ort aufzusuchen, an dem ich mit meiner Tante oft gewesen war. Es bestand zwar wenig Hoffnung, nach so vielen Monaten einen Hinweis auf ihren Verbleib zu finden. Immerhin besser als gar nichts zu tun.

Dieses Mal ging ich den beleuchteten Promenadenweg bis zum entgegengesetzten Ortsende und bog dann ab in Richtung Strand. Der Vollmond beschien alles wie am Tag. Zusätzliches Licht benötigte ich daher nicht.

Keine halbe Stunde später erreichte ich unseren Geheimstrand. Geheim war übertrieben, denn das war er eigentlich nicht. Jeder hatte Zugang. Jedoch kamen nicht viele hierher.

Die angeordneten Kontaktbeschränkungen machten mich mürbe, je länger sie andauerten. Obwohl ich mich nicht als Teamplayer verstand, vermisste ich persönliche Kontakte und dachte mit Wehmut an meine WG-Mitbewohnerinnen in New York. Mittlerweile war das Corona-Virus auch in den USA angekommen. In Bezug auf das Studium schöpfte ich Hoffnung, da viele ProfessorInnen die Vorlesungen und Seminare online abhielten.

Langsam drehte ich mich um meine eigene Achse und beobachtete jede Bewegung auf das schärfste. Dann verharrte ich einige Minuten und lauschte. Jetzt war ich mir sicher.

Ich war allein und schrie. Schrie meine Angst, meine Gedanken, meine Wut und alles aus mir heraus, der See entgegen. Sie antwortete mir anders als gedacht.

24. APRIL 1915
NEW YORK CITY

„George, es reicht. Es bringt überhaupt nichts, wenn du laut wirst."

„Ich ertrage es nicht, dich so leiden zu sehen", antwortete er mir und senkte seinen Kopf.

„Denkst du, dass es umgekehrt nicht genauso wäre?", fragte ich leise. „Meinst du nicht, dass es mir genauso weh tun würde?"

Er schwieg. Meine Gedanken wirbelten durcheinander und ein Stich fuhr in mein Herz. Liebte er mich weniger als ich ihn?

„Das ist mir Antwort genug, George. Weißt du, es ist eine Sache, jemandem eine Bürde abzunehmen. Aber eine gänzlich andere, sie an jemanden abzugeben."

Die Nacht war samtschwarz und weich strich mir die Stadtluft über die Haut. Wir standen auf der Dachterrasse seines Miethauses in Downtown von Brooklyn. Unter uns summten die Transistoren des Elektrizitätswerkes. Die Lichter der Stadt New York spiegelten sich im East River, der seinen schlammigen Geruch und das Horn eines Dampfschiffs zu uns heraufschickte. Ich mochte diesen Ort.

Doch wenn es hieß, denjenigen zu schützen, den man am meisten auf der Welt liebt, hieß es Abschied nehmen. Vielleicht würde ich ja trotzdem eines Tages zurückkehren. Als Besucherin.

Ich fasste ihn bei seinem Ellbogen und drehte ihn zu mir, sodass wir uns in die Augen sahen. „Weißt du, ich war diejenige, die damals fast gestorben wäre. Nicht du."

„Ich weiß. Dennoch will ich dir helfen."

„Das geht nicht, George. Und das weißt du." Nun hieß es: Jetzt oder nie. „Da hat es auch keinen Sinn, dass wir weiter zusammenleben. Ich werde mich von dir trennen."

Er riss sich von mir los. „Das ist nicht dein Ernst. Was hat das mit uns zu tun?"

„Alles."

24. APRIL 2020
DEUTSCHE OSTSEEKÜSTE

Das Rauschen der Wellen nahm zu und für einige Sekunden dachte ich, dass es mein Echo war, das sich in ihnen widerspiegelte. Doch es waren nur die riesigen Containerschiffe, die weit vor der Küste fuhren.

Ich legte mich in die Dünen zwischen wildem Strandhafer und Ginsterbüschen. Mein Herzschlag beruhigte sich. Die Sterne funkelten über mir und der Mond auf dem Wasser. Bei diesem Anblick überkam mir jedes Mal der Gedanke, ob wir wirklich allein im Weltall waren. So lange ich es nicht mit eigenen Augen gesehen hatte, glaubte ich nicht daran.

Schritte aus dem Meer näherten sich dem Ufer.

Hatte ich richtig gehört?

War mir vorhin etwas entgangen? Herrje, wie peinlich, wenn mich jemand gehört hätte.

Ich hob den Kopf und sah, wie zwei Gestalten dem Meer regelrecht entstiegen. Schlank, agil und jung – ihren Bewegungen nach zu urteilen. Mein Kopf sank zurück. Sie würden mich hier nicht bemerken. Von ihnen wollte ich mich nicht stören lassen. Wahrscheinlich waren sie ein Liebespaar, das sowieso seine Ruhe haben wollte.

„Von der Bernstein-Lady keine Spur", sagte eine der beiden auf Englisch. Ich meinte herauszuhören, dass es *Australian English* war. Merkwürdig. Vielleicht hingen sie in Deutschland fest und konnten nicht nach Hause. Mehreren Deutschen ging es im Ausland genauso. Wen meinten sie mit Bernstein-Lady? Johanna von dem kleinen Schmuckgeschäft hier im Ort? „Schätze des Meeres" hatte sie es genannt.

„Maik wird darüber nicht erfreut sein."

Oje. Sie hatte wohl Ärger mit einem Kerl.

„Kann ich etwas dafür?"

„Nein, aber das interessiert ihn nicht."

Sie entfernten sich und ihre Stimmen wurden leiser. Johanna jedenfalls war vor ihnen sicher, da sie meines Wissens in Hamburg war.

Wortfetzen drangen zu mir. Einer davon war Entführung.

Ich schreckte hoch. Sprachen sie tatsächlich über ein Verbrechen? Was sollte ich tun? Ich musste der Polizei davon erzählen! Aber was sollte ich sagen? Ich brauchte mehr Informationen. Also rutschte ich die Böschung herunter und zog gleichzeitig die Taschenlampe aus meinem Rucksack. Schnell fand ich die Stelle, an der die Beiden aus dem Meer gekommen waren. Geduckt verfolgte ich ihre Stiefelabdrücke. Hatte sogar die Geistesgegenwart, mit dem Handy Fotos zu machen.

Dabei musste ich mich beeilen, denn die Wellen wurden stärker und fingen an, jegliche Spuren wegzuspülen. Dann bogen sie in Richtung Land ab. Ich hatte richtig vermutet, sie waren in den Wald hineingegangen. Hier war es schwieriger, sie zu verfolgen.

Leider hatten sie so viel Vorsprung, dass ich sie nicht noch einmal sah. Wenig später erreichte ich die Promenade. Wie Geister waren sie verschwunden und keine Menschenseele mehr zu sehen.

29. MAI 2020
DEUTSCHE OSTSEEKÜSTE

Ich gewöhnte mir ab, ständig in die Statistiken zu sehen. Und tatsächlich wurde ich ruhiger, was den Umgang mit dem Virus betraf. Ich akzeptierte es als eine Tatsache, die ich nicht ändern konnte. Die Zahl der Neuinfizierten ging zurück, aber nicht komplett. Hier in Mecklenburg-Vorpommern waren wir wenig von Erkrankungen betroffen.

Weitere Entführungen hatte es meines Wissens bisher auch nicht gegeben. Selbstverständlich hatte ich damals umgehend Hauptkommissar Schäfer informiert. Die Spur verlief jedoch im Sand, denn meine Personenbeschreibung war zu ungenau und half bei der Fahndung nach meiner Tante nicht weiter. Eine Geldforderung war bei meiner Familie nie eingegangen.

Die Beschränkungen würden ab übermorgen – Pfingsten – gelockert und wir dürften unter Auflagen das Sanatorium wieder öffnen. Mir war außerdem das Kunststück gelungen, eine Sonderzulassung als Kurklinik bei den Krankenkassen zu bekommen, mit Spezialisierung auf Heilung von Lungenkrankheiten. Zur Hälfte waren wir bereits belegt. Weitere Reservierungen waren eingegangen.

Mittlerweile hatte ich das Gefühl, dass die Restriktionen erst komplett aufgehoben werden würden, wenn es keine einzige Neuinfektion mehr gab.

Null. *Zero.*

Also hielt ich mich weiterhin daran, meine Kontakte auf ein Minimum zu beschränken. So würde ich auch beim Abendbrot darauf verzichteten, mich zu den Gästen zu gesellen, um mit ihnen zu plaudern, sondern oben allein zu essen.

21. JUNI 2020
DEUTSCHE OSTSEEKÜSTE

Ich stand auf dem Balkon und trank meinen Kaffee im aufgehenden Morgenlicht, als ich eine Person bemerkte, die zielstrebig zu unserem Sanatorium ging. Wenn mich nicht alles täuschte, war das Hauptkommissar Schäfer.

Gab es Neuigkeiten zum Aufenthaltsort meiner Tante? Aber warum war sie dann nicht bei ihm? War sie verletzt? Ich wappnete mich innerlich vor dem Schlimmsten. Auf das Beste zu hoffen, wagte ich nicht.

Keine zehn Minuten später klopfte es an meine Tür. Ich ließ Hauptkommissar Schäfer herein und führte ihn auf den mittleren Balkon des Wohnzimmers.

„Was führt Sie zu mir? Haben Sie neue Erkenntnisse wegen meiner Tante?"

„Nein. Und auch keine weiteren ungeklärten Todesfälle."

„Gut." Ich merkte, wie mir ein Stein vom Herzen fiel und atmete auf. Die Sonne stieg höher und der Anblick des Meeres war unwirklich schön. Die Kiefern zu unseren Füßen wisperten leise. Stimmen erster Morgenspaziergänger flogen zu uns hinauf.

„Wir haben es zurzeit mit vermehrten Vermisstenfällen zu

tun“, fuhr er fort. „Einige Touristen, die sich hier im Ort aufhielten, sind verschwunden. Tendenz steigend.“

„Man hört ja, dass viele verschwinden und wieder auftauchen.“

„Nein. Dieses Mal leider nicht. Wie Ihre Tante sind sie verschwunden geblieben. Ich vermute einen Zusammenhang. Doch welchen, habe ich noch nicht herausgefunden.“

Oh, dann sind es andere Fälle, dachte ich mir.

„Davon habe ich noch gar nichts gehört. Allerdings habe ich wenig Kontakt zu anderen.“

Er nickte. „Verstehe. Die Vermissten sind auch nicht direkt hier vor Ort verschwunden, sondern nach ihrer Abreise. Auch welche aus dem Sanatorium.“

Der Schreck fuhr mir in die Glieder, für einen Moment setzte mein Herzschlag aus und entsetzt schaute ich ihn an.

„Einzige Gemeinsamkeit“, fuhr er fort, „sie waren alle an einer Lungenkrankheit oder Corona erkrankt.“

„Meine Tante war allerdings kerngesund.“

Leider konnten weder ich noch einer der Angestellten ihm etwas Außergewöhnliches über die anderen Patienten sagen, die sich bei uns erholt hatten. Uns war nichts aufgefallen.

Nach dem Mittagessen setzte ich den löchrigen Strohhut von Tante Annelies auf, ging in unseren Park und jätete etwas Unkraut in den Rosenbeeten. Plötzlich fiel ein Schatten auf mich und ich drehte mich um.

„Ich muss mit dir reden, Emilia“, sagte Henry. „Können wir ein Stück gehen? Bitte?“

Etwas überrascht zog ich mir die Gartenhandschuhe aus, ließ sie im Beet liegen und stand auf. „In Ordnung. Was gibt es?“

Im Gehen setzte er seine Baseballkappe ab, die ich ihm von den *Yankees* aus New York als Geschenk mitgebracht hatte, und spielte nervös damit. Stur blickte er auf den Weg, ohne mich ein einziges Mal anzusehen. Dann blickte er wieder hoch, merkte, dass die Sonne ihn blendete, und setzte seine Mütze wieder auf. Was war mit ihm los? Je länger er schwieg, desto mehr Sorgen machte ich mir um ihn. Warum hatte er mich aufgesucht? Warum jetzt?

„Ich glaube, es ist wichtig, dass du das weißt“, begann er. „Erinnerst du dich an unser Gespräch an Sylvester? Als du mir von deinen Beobachtungen erzählt hast? Von Mary und Manfred und den Anderen?“

Selbstverständlich erinnerte ich mich.

„Ich bin ganz Ohr. Was ist damit? Du bist mir ausgewichen.“

„Hm. Bin ich wohl. Hatte Order. Seit ein paar Monaten beobachten wir, dass Menschen entführt werden.“

Er hatte Order? Er unterstand dem Befehl eines Anderen? Vielleicht sollte er sich für die Polizei umhören. Durften Privatpersonen überhaupt an laufenden Ermittlungen beteiligt sein? Ich blieb stehen und drehte mich zu Henry: „Hauptkommissar Schäfer sprach nur von Vorfällen nach Pfingsten.“

„Die stehen damit nicht im Zusammenhang“, winkte er ab und ging weiter.

Also doch. Denn der Hauptkommissar hatte mir heute früh dasselbe gesagt.

„Sondern?“, fragte ich.

„Das wissen wir nicht. Besser gesagt, ich verstehe es nicht“, korrigierte sich Henry. „Jeden von ihnen habe ich befragt. Doch sie alle können sich nicht mehr an ihr Fortbleiben erinnern. Das hast du ja bereits selbst herausgefunden.“

„Und wie kann ich nun helfen?“

„Das weiß ich nicht. Ich finde nur, du solltest wissen, dass du nicht die Einzige bist, die all diese Leute gekannt hat. Sondern auch ich und Annelies. Sie alle waren am Aufbau des Sanatoriums und eures Familienbetriebes beteiligt.“

„Okay.“

„Und ...“ Er hielt meinen Arm fest und wir blieben stehen. „Könntest du auf mich aufpassen? Also, nicht ständig. Ich habe das Gefühl, dass die Entführer es auch auf mich abgesehen haben.“

25. JUNI 2020
DEUTSCHE OSTSEEKÜSTE

Vier Tage später stand ich nach meinem nächtlichen Spaziergang auf der Dachterrasse des Sanatoriums, die von der Wohnung zu erreichen war. Ich beobachtete den Himmel und sinnierte über dies und das. Die Lage bei uns war normal im weitesten Sinne – Was war in diesen Zeiten schon normal? Teil der Abmachung mit den Krankenkassen war, ein Viertel unserer Betten ehemaligen Corona-Patienten zu Erholungszwecken vorzubehalten. Leerstand wäre mir sogar bezahlt worden, sodass es mir möglich war, sämtliche Angestellten wieder zu beschäftigen.

Zu Scharen fielen die Urlauber bei uns ein. Auslandsreisen waren bei den meisten Deutschen gestrichen. Auch aus dem polnischen Nachbarland hatten wir Gäste. Unser Haus war voll belegt.

Wie bei einem Leuchtturm hatte ich einen Rundumblick auf die Gegend.

Es war weit nach Mitternacht und eben wollte ich in mein Bett, als ein Transporter unsere Einfahrt hinauffuhr und vor Henrys Haus hielt. Durch die Schutzscheibe sah ich zwei Gestalten. Sie parkten rückwärts vor seiner Haustür ein.

Etwas spät für einen Besuch, dachte ich.

Ich blieb, wo ich war, verschränkte meine Arme und beobachtete, was passierte.

Zwei Männer stiegen aus. Während der eine zu Henrys Tür ging, öffnete der andere die Transporter-Türen, die mir mein Blickfeld verdeckten. Ein Gestell klappte auf, Räder klapperten.

Licht ging im Haus an.

Auch in Henrys Schlafzimmer. Ich erhaschte einen Blick auf zwei maskierte Männer. Zusammen hievten sie Henry auf eine Tragbahre. Er rührte sich nicht und schlief wie ein Stein.

Was ging hier vor?

Das war eine Entführung. Eindeutig. Endlich kam Bewegung in mich.

Wie von einer Wespe gestochen, rannte ich die Treppe hinunter. Ich wollte zu Henry und ihm helfen. Kaum war ich aus der Hintertür hinausgetreten, sah ich die Rücklichter des Transporters, der gerade wendete.

Verfolgen. Autoschlüssel. Zurück!, waren meine Gedanken. Also Treppe wieder hoch, Handy und Schlüssel eingesteckt und wieder heruntergerannt.

Mit zittrigen Händen schloss ich die Garage auf und glaubte nicht, was ich sah. Bis jetzt hatte nicht die Notwendigkeit bestanden, das Auto zu benutzen. Vor dem Lockdown war Manfred einkaufen gegangen. Als *Chef de Cuisine* bestand er darauf.

Vor mir stand – ein Trabant.

In Himmelblau.

Ernsthaft?

Verwirrt schaute ich auf das Emblem des Schlüssels. Ich hatte es mit dem *Opel*-Symbol verwechselt. Beim Erkennen von Automarken war ich also eine komplette Niete.

Wider Erwarten sprang die Pappkiste an. Ehe ich mit der Schaltung am Lenkrad klarkam, waren gefühlt Stunden vergangen.

Fluchend trat ich aufs Gas und schoss wie eine Rakete zur Straße.

Glücklicherweise hatten die Entführer die lange Hauptallee geradeaus genommen, sodass ich noch sah, wie sie weit vor mir nach links abbogen.

Das Verfolgen funktionierte besser als gedacht. Wider Erwarten hielten sich die Entführer an die Geschwindigkeitsbegrenzungen, weil sie sich anscheinend unbeobachtet fühlten. Sie fuhren auch nicht weit, hielten vor einem modernen Gebäude und stiegen mit Henry aus. Das Haus schien leer und noch im Bau, da es extra abgezäunt war.

Was sollte ich tun?

Ich beugte mich zum Beifahrersitz, um mein Handy zu nehmen. In dem offenen Ablagefach lag etwas Großes. Neugierig griff ich hinein und hielt ein Fernglas in den Händen.

Merkwürdig. Warum brauchte Tante Annelies ein Fernglas? Vor allem in ihrem Auto?

Aus dem Augenwinkel sah ich hinter einem der Fenster Licht angehen. Ich schaute durch das Fernglas. Wenige Sekunden später injizierte einer der Männer Henry irgendetwas mit einer Spritze.

Sofort wählte ich die Handynummer von Kriminalhauptkommissar Schäfer. Erst nach dem fünften Tuten nahm er ab und ich erzählte ihm hastig, was passiert war.

„Sie bleiben, wo Sie sind“, schärfte er mir ein. „Kein Eingreifen. Mein Kollege ist am Kurpavillon. In zehn Minuten ist er bei Ihnen. Sie beobachten weiterhin die Lage. Sobald sich etwas rührt, rufen Sie mich wieder an. Verstanden?“

Ich hörte, wie er seine Autotür aufschloss und in der nächsten Sekunde den Motor startete.

„Verstanden“, antwortete ich und kam mir wie eine Spionin auf Geheimmission vor. Dann war die Verbindung unterbrochen.

Am Fenster bewegte sich etwas und ich schaute wieder durch das Fernglas. Eben zog der andere Mann – er hatte

Ähnlichkeit mit Prof. Mackleboard – die Vorhänge zu und ich sah nichts mehr.

„Verdammt!"

Wütend schlug ich mehrmals auf das Lenkrad ein. Ich konnte nichts tun, außer zu warten. Langsam wurde das zur Gewohnheit und es nervte mich. Warum hatte ich es Hauptkommissar Schäfer bloß versprochen? Argh! Hoffentlich kam sein Kollege bald und wir konnten das Gebäude stürmen.

Doch keine fünf Minuten später öffnete sich die Eingangstür und zwei maskierte Männer schleppten Henry auf der Bahre zurück zum Transporter. Das war überraschend schnell gegangen. Die anderen Entführungsopfer waren die gesamte Nacht weggeblieben. Entweder bedeutete das, dass die Männer hatten, was sie wollten oder es waren andere Entführer. Was, wenn die Kerle Henry töten würden?

Sofort schnappte ich mir mein Handy und rief Hauptkommissar Schäfer an. „Ihr Gesprächspartner ist zurzeit nicht erreichbar. Bitte hinterlassen Sie nach dem Tonzeichen eine Nachricht."

„Verdammt!" Mir wurde die Sache zu heiß. Die beiden Männer wollte ich unbedingt weiter im Auge behalten. Der Piepton kam und ich teilte meinen Entschluss dem Anrufbeantworter von Hauptkommissar Schäfer mit.

Ich wartete, bis der Transporter um die nächste Ecke verschwunden war, dann erst fuhr ich los.

Ich stellte den Trabbi vor unserem Eingangstor ab und schlich auf das Gelände. Wie die anderen Entführungsopfer brachten die Männer Henry zurück in sein Bett. Das gab mir die Hoffnung, dass er noch lebte.

Mit meinem Handy machte ich so viele Fotos wie möglich. Die meisten jedoch waren unscharf, da ich zitterte und die falschen Tasten drückte. Mein Herz raste, ich schwitzte. Eingreifen erschien mir zu gefährlich. Hoffentlich geschah dem armen Henry nichts – ich war schuld!

Hätte ich doch nur besser auf ihn geachtet.

Er hatte mich doch um Hilfe gebeten und was hab ich gemacht die ganze Zeit? Nichts! Wie immer, nichtstun und warten – darin war ich ein Meister.

Ich verfluchte meine Untätigkeit und beobachtete, wie die zwei Entführer Henry wieder in sein Haus brachten und danach vom Gelände verschwanden.

Dann wartete ich, bis Hauptkommissar Schäfer erschien. Im Schnelldurchlauf berichtete ich ihm, meine Stimme zitterte. Ich konnte kaum sprechen und hatte das Gefühl, alles doppelt zu erzählen. Nicht einmal unterbrach er mich. Dann vergewisserten wir uns, dass Henry nicht verletzt war.

Gemeinsam betraten wir das Haus und gingen in Henrys Schlafzimmer.

Hauptkommissar Schäfer fühlte seinen Puls: „Er lebt noch. Keinen Grund zur Sorge."

„Gut."

Er ging hinaus und ich wollte ihm folgen. Auf der Kommode neben mir lag ein Brief mit meinem Namen darauf. Schnell steckte ich ihn ein und hielt ihn geheim.

In der Zwischenzeit war der bei uns im Ort stationierte Kollege von Hauptkommissar Schäfer eingetroffen und die Beiden unterhielten sich. Sie riefen einen Krankenwagen, der Henry zur Beobachtung und als Vorsichtsmaßnahme ins nächstgelegene Krankenhaus bringen sollte.

Der Hauptkommissar wollte Henry morgen befragen. Ich wartete auf den Rettungsdienst, ehe ich nach Hause ging.

Doch dann konnte es mir nicht schnell genug gehen.Sobald die Wohnungstür hinter mir ins Schloss gefallen war, riss ich den Brief auf. Darin fand ich ein Foto von Tante Annelies' Tischuhr.

Was sollte das?

Ich ging zu dem antiken Buffet im Wohnzimmer. Die Uhr darauf sah aus wie immer. Warum sollte mir Henry ein Foto davon geben?

Merkwürdig.

Ich zog die Uhr zu mir und untersuchte sie von allen Seiten. War das auf der Rückseite unser Familienlogo? Ich drückte darauf, weil ich einen versteckten Mechanismus vermutete. Doch nichts passierte. Ich gähnte und konnte keinen klaren Gedanken mehr fassen. Zeit, ins Bett zu gehen.

26. JUNI 2020
DEUTSCHE OSTSEEKÜSTE

Am nächsten Tag wachte ich spät auf. Nach dem kurzen Frühstück mit meiner Kakaomilch, stellte ich die antike Uhr auf einen Stuhl mir gegenüber und schaute sie genauer an. Sie blieb, was sie war. Eine tickende Uhr.

Frustriert stand ich auf, der Anhänger meiner Kette knallte dabei gegen das Uhrengehäuse. Gleichzeitig kippelte der Stuhl. Die Uhr fiel herunter und zersprang in tausend Einzelteile. Inmitten der Scherben fand ich einen handgroßen Würfel. Wieder mit unserem Familienlogo.

Fasziniert hob ich ihn auf. Im selben Moment begannen die Linien weiß zu leuchten. Sie verstärkten sich und blendeten mich, sodass ich die Augen zusammenkniff. Durch meine Wimpern hindurch blinzelte ich, denn ich wollte nichts verpassen. Wie eine Blume öffnete sich der Würfel in meiner Hand. Darin lag ein Zettel. Unverkennbar die Handschrift meiner Tante. Darauf stand: „Finde den Strandkorb Nummer 2500H."

Henrys Befragung am Vormittag durch Hauptkommissar Schäfer verlief ergebnislos.

Es war sogar noch schlimmer als bei den anderen Entführten. Er hatte nur zusammenhangloses Zeugs geredet. Seine Blutuntersuchung hatte eine Überdosis eines Halluzinogen in seinem Körper ergeben.

Nach einem kurzen Besuch bei ihm wollte ich keine Zeit verlieren und ging dem Hinweis meiner Tante auf dem Zettel nach. Mein Plan war, mich von einem Strandende zum anderen durchzuarbeiten.

Zwischen Pommes essenden, Eis schleckenden, Sandburgen bauenden und von der Sommerhitze trägen Urlaubern pirschte ich mich durch. Am Nachmittag war meine Trinkflasche mit Wasser ausgetrunken. Doch ich wollte keine Zeit vergeuden, indem ich den Strand verließ. Jeden einzelnen Strandkorb untersuchte ich, bis meine Füße vor Schmerzen kribbelten. Kopfschmerz kündigte sich an. Ich war erschöpft und musste mich mit dem Gedanken zufriedengeben, aufzuhören und morgen am nächsten Strand weiterzusuchen. Schließlich war es keine Nähnadel, sondern ein riesiger Strandkorb. So schwer konnte das doch nicht sein.

Im letzten Tageslicht sah ich ihn endlich. Nummer 2500H.

Obwohl er nicht mit einem Gitter gesichert war, saß niemand darin. Ich hatte das Gefühl, kein anderer sah ihn. Ein merkwürdiges Flimmern drumherum, durch die Abendsonne rosafarben verstärkt. Es war schwer, dort hinzukommen und bald schwitzte ich aus allen Poren. Wie bei Treibsand kam ich nur langsam voran.

Endlich stand ich davor. Es war einer des seltenen rot-weißen Designs und er hob sich von den grünweiß-gestreiften Strandkörben ringsum ab.

Etwas erschöpft setzte ich mich und strich ehrfürchtig über den Sitz. Auf dem Tisch neben mir war ins Holz schon wieder unser Familienlogo geschnitzt. Ich drückte darauf und es passierte nichts. Etwas enttäuscht sank ich zurück. Irgendetwas übersah ich. Ich spielte mit meinem Bernsteinanhänger.

Sollte ich …?

Was hatte ich zu verlieren?

Ich hielt den Anhänger an das Bernsteinlogo. Es erglühte genauso wie bei dem Würfel, nur dieses Mal mit einem gelben und warmen Lichtschein.

Das also war das Geheimnis.

Plötzlich verschwamm meine Sicht.

24. AUGUST 1888
KRANKENZIMMER IN DER FORSCHUNGSSTATION AUF DER INSEL JUSCHNIJ/RUSSLAND

Es klopfte an meine Zimmertür.

Noch ehe ich „Herein!“ rufen konnte, trat ein Fremder ein.

Er trug die traditionelle Kleidung der Nenzen mit dem Abzeichen eines Schamanen. Sein Gesicht wettergegerbt und Falten wie Sturmwellen.

„Du heißt Anousch?“, fragte der Fremde auf Russisch.

Ich nickte. „Ja.“

„Mein Name ist Dimitrij. Guten Tag, mein Kind.“

„Guten Tag.“

„Wie geht es dir? Fühlst du dich gesund?“

Ich nickte wieder.

„Das ist gut.“ Dann zog er sich einen Stuhl heran und setzte sich neben mein Bett.

„Ist die Kette von Ihnen? Sie ist schön. *Спасибо*“, bedankte ich mich.

„Gern geschehen. Der Stein hat dir das Leben gerettet.“

Zweifelnd sah ich ihn an und zog meine Augenbrauen zusammen.

„Und nur der Bernstein hat mir das Leben gerettet?

„Nein. Entschuldige, ich war ungenau. Er unterstützt deine Widerstandskräfte und hilft deinem Körper, gegen die Krankheit anzukämpfen."

„Oh."

„Ich sehe schon, du glaubst nicht an Magie."

„Nein, tue ich nicht."

Er verfiel in Schweigen und überlegte. Dann erzählte er mir eine Geschichte, die so unglaublich klang, dass sie wahr sein musste.

Stunden vergingen, ohne dass uns jemand störte. Oder stand die Zeit still?

Meine Zweifel platzten wie eine Seifenblase. Dimitrij zeigte mir Dinge, die mir die Welt neu erklärten. Nicht nur das. Seine Kräfte, die er mir zeigte, waren immens. Er war ein Seelenbegleiter, der mit den Toten in Verbindung stand.

Ich konnte es immer noch nicht so ganz glauben, doch es war real.

Kein Zweifel.

Magie existierte.

„Wir haben für dich getan, was wir konnten. Alles andere liegt in der Macht des Nga."

Mit diesen Worten verabschiedete er sich und ich sah ihn nie wieder.

26. JUNI 2020
BERNSTEINLEUCHTTURM

Mein Blick klärte sich und ich fand mich in einem kreisrunden Raum wieder. Schmucklos. Graue Betonwände. Eine schwarz lackierte Metalltreppe führte nach oben.

Ein Knarzen von einem Seufzen begleitet. Da. Noch einmal.

Ich drückte mich aus dem Sitz des Strandkorbes und stieg nach oben in den ersten Stock.

Dort saß zu meiner Überraschung Tante Annelies vor mir auf einem Schaukelstuhl. Im Dunkeln wirkte sie unheimlich. Sie stierte auf eine Wand mit roten und grünen Lichtern.

Ohne mich anzublicken, begrüßte sie mich: „Hallo Emilia."

„Hej."

Ich schaute mich um. Aus dem, was ich sah, wurde ich nicht schlau. „Was ist das hier für ein seltsamer Ort?"

„Der Bernsteinleuchtturm."

„Und das hier?", fragte ich und zeigte auf die Wand.

„Unsere Familie. Besser gesagt, unser Stammbaum. Grün die Gesunden. Rot die Infizierten."

„Corona?"

„Ja."

Ich schaute mir die Namen genauer an. Jedes Familienmitglied stand darauf. Dann fiel mir etwas auf. „Moment mal! Sabine ist infiziert? Das hat sie niemanden erzählt."

„Sie weiß es nicht."

Das wurde immer mysteriöser.

„Okay. Das verstehe ich jetzt nicht. Das erklärst du mir später, zuerst interessiert mich: Warum bist du hier? Warum bin ich hier?"

Sie seufzte. „Erinnerst du dich, wie ich dir die alten griechischen Sagen als Gute-Nacht-Geschichten erzählt habe?"

„Ja, selbstverständlich. Am beeindruckendsten fand ich, wie Odysseus am Mast seines Schiffes gefesselt den Sirenen widerstand."

„Stimmt. Ein spannendes Abenteuer. Sagt dir Pandora etwas?"

„Allerdings. Sie brachte Krankheit und Leiden über die Menschen." Mir fröstelte.

„Genau die meine ich. Was wäre, wenn sie eine Schwester gehabt hätte? Mit dem Namen Anesidora? Was wäre, wenn es nicht nur eine zusammenfantasierte Geschichte ist, sondern die Realität sogar etwas anders verlief?"

Wir schauten uns in die Augen und ich merkte, wie ernst es ihr war.

„Was verlief anders?", fragte ich sie misstrauisch.

„Anesidora stand neben ihrer Schwester, als diese verbotenerweise den Tonkrug ihres Vaters öffnete. Beide sahen, was daraus entwich. Während Pandora regungslos dastand, schnappte sich Anesidora das nächstbeste Gefäß, fing damit, was sie erhaschen konnte und verschloss die Dose. Dann erst kam Bewegung in Pandora. Nun, der Rest wiederum ist bekannt. Wie später herausgefunden wurde, konnte Anesidora darin die bösartigsten Virenkrankheiten einschließen. Jahrhunderte später fand ich ihre Dose und öffnete unbewusst was ich in den Händen hielt. Die Viren entwischten daraus. Allesamt. Über den Luftweg gelangten sie zuerst nach Usbekistan. Bis sie letztendlich der Wind in jeden Winkel auf der Erde verbreitet hatte und sie ihr Werk in aller Stille verrichten konnten."

Als ich begann, das zu begreifen, wurde mir flau im Magen. Ich merkte, wie mein Blutdruck absackte, verfehlte beim Hinsetzen knapp die Couch und rutschte auf den Fußboden. Es war mir in diesem Moment egal.

Nach außen hin war ich ruhig, fast regungslos.

Innerlich jedoch wusste ich nicht, wohin ich meine Gedanken als Erstes richten sollte. Ich, wir alle waren in einem Albtraum gefangen.

„Das muss ein Ende haben", flüsterte ich.

„Ja, muss es. Wäre es längst. Wenn es nicht George gegeben hätte."

„Wer ist George?"

„Komm, gehen wir ein Stück."

Ich atmete tief durch, sammelte mich und rappelte mich auf, um meiner Tante nach unten zu folgen.

Der Leuchtturm war außen grau und stand auf einer kleinen bewiesten Insel. Achthundert Quadratmeter, wie mich Tante Annelies informierte. Es gab einen schmalen Strandstreifen, von dem es sacht ins Meer hineinging. Eine geschützte Badestelle. Fünfzig Meter weiter sah ich mächtige Felsbrocken aus dem Wasser ragen, dahinter eine undurchdringliche Nebelwand, die die gesamte Insel umgab. Obwohl auf uns die Sonne schien.

„Es ist ein magischer Schutzwall."

Ich blieb stehen. „Stopp! Wie? Magie?"

„Die Insel ist auf normalen Weg nicht zu erreichen", erklärte mir meine Tante. „Nur mit dem Strandkorb. Kein Schiff, kein Boot könnte hier ankern. Kein Hubschrauber landen."

„Woher willst du das wissen?"

„Henry hat es versucht. George hätte es auch, wenn er gewusst hätte, wo er suchen muss."

Ich schwieg. Schon wieder er. Die Sache mit der Magie wollte immer noch nicht in meinen Kopf. „Jeder Spezialist kann ein elektrisches Modul unter einer beliebigen Oberfläche anbringen, wie das Holz am Strandkorbtisch, und es dann nur auf Bernstein reagieren lassen. Schließlich ist das organisches Material. Sämtliche Geheimdienste der Welt können das. Magie gibt es nicht. Völliger Blödsinn. Jedes Phänomen lässt sich wissenschaftlich erklären. Etwas zu behaupten ist noch lange kein Beweis."

„Es gibt noch eine zweite Wahrheit. Ich bin über hundertfünfzig Jahre alt."

Ungläubig schnaubte ich. „Wie bitte? Kein Mensch wird so alt."

„Doch. Und das kann man mittlerweile beweisen. Ein Blutstropfen genügt dazu."

Mein Kopf ruckte zu ihr und ich sah ihre Traurigkeit.

„Ich bin müde", sagte sie erschöpft. „An der Kraft liegt es nicht. Die ständigen Kämpfe zermürben mich."

„Das verstehe ich nicht."

„Bernstein hält die Welt im Gleichgewicht. Wie ein Netz muss er über unseren Planeten verteilt sein. Wenn nicht, gewinnt der Nga die Überhand. Oder dieses Mal das Coronavirus."

Das wurde mir alles zu viel auf einmal. Ich hörte die Worte, verstand davon kein Bisschen. Mein Hals fühlte sich plötzlich trocken an und ich begann zu husten. „Ich brauche bitte etwas zu trinken."

Wir gingen zurück und Tante Annelies schenkte mir ein Glas unseres Heilwassers ein. Gierig trank ich es mit großen Schlucken, wie eine Verdurstende auf hoher See.

„Hilft es etwa auch gegen die Viren?", fragte ich nach.

„Jein. Es ist etwas komplizierter."

Wie viel komplizierter denn noch?, fragte ich mich.

„Hilft es gegen alle Viren?"

„Nein. Leider ist der Ursprung der anderen Krankheiten unbekannt. Nur über die von mir freigelassenen und ihre Variationen wissen wir Bescheid. Und ich bin schuld daran."

„Blödsinn. Du hast doch keinen Virenstamm gezüchtet, oder?"

„Nein", lachte sie. „Wo denkst du hin. Es war Zufall. Damals nahm ich als einzige Frau zur Erforschung der Eisbären an einer Expedition in die Barentssee teil. Das war 1888. Zusammen mit George. Wir waren ein Paar. Als ich die Dose der Anesidora öffnete, bekam ich einen großen Teil der Viren ab. Ich war Patientin Null."

Kurz hielt sie inne.

„Glücklicherweise lag unsere Forschungsstation im Gebiet der Nenzen, einem alten Volk. Der Magie kundig. Mächtig. Ihr Schamane heilte mich. Dann weihte er mich in die Magie des Bernsteins ein."

Wir stiegen hoch in die zweite Etage.

Mir stockte der Atem. Vor mir lag, wenn mich nicht alles täuschte, das Bernsteinzimmer.

„Das ist übrigens nicht das Original. Es wurde verbrannt."

„Wie bitte?"

„Ja, von ..."

„Halt." Ich hob meine Hand. „Sag es nicht. Lass mich raten. George?"

„Genau der. Mein Leben wird als oberste Wächterin durch jeden Aufenthalt hier verlängert. George bemerkte, dass ich langsamer alterte als er."

„Und er hat sich nicht darüber gefreut, dass du ein langes Leben bekommen hast", stellte ich fest.

„Nein."

„Dann hat er dich nicht geliebt."

„Ich ihn aber schon. Dumme Gans, ich. Tja, hinterher war mir das auch klar."

„Hm."

„Er liebte die russische Sprache. Anousch nannte er mich." Meine Tante versank kurz in ihren Erinnerungen und lächelte. Dann flüsterte sie: „Eigentlich wäre Anouschka korrekter gewesen. Aber das war ihm zu lang. Nur einmal nannte er mich so. Als ich den Tod besiegt hatte."

Sie schwieg wieder und ich getraute mich nicht, die Stille zu durchbrechen, obwohl ich meine Neugier kaum zügeln konnte.

„In meiner Naivität und Verliebtheit vertraute ich ihm alles an. Damit er mir glaubte, nahm ich ihn mit hierher. Mit verbundenen Augen. Das war die Bedingungen der Nenzen. Nur wer als mein Nachfolger in Betracht kommt, darf den Weg wissen. Ich erzählte ihm, wie der Bernstein sowohl Schutz als auch Verderben ist. Meine Macht kann ich in Bernstein übertragen, wie in den Anhänger, den du trägst, Emilia. Wird er allerdings verbrannt, bist du weniger geschützt."

„Wie weniger? Ich dachte, überhaupt nicht."

„Doch, doch. Es gibt ja das Netz."

Fragend schaute ich sie an. „Jetzt lass dir nicht alles aus der Nase ziehen."

„Schon gut. Du hast recht. Überall verteilt auf der Erde gibt es Bernsteinsammlungen. Manche sind öffentlich. Andere verborgen."

„Die Diebstähle", begriff ich.

„Genau. Das Netz bekam Löcher. Jedes Mal."

„Was meinst du mit jedes Mal?"

„Es gab in der Vergangenheit mehrere Pandemien. Die Spanische Grippe! Die Hongkong-Grippe! Die Schweine-Grippe!"

„Oh."

„George und ich trennten uns. Er hat es nicht verstanden, dass ich die Last der Verantwortung nicht auf ihn übertragen wollte. Er wollte der Wächter sein. Verbittert zog er nach Australien, heiratete wieder, starb und hinterließ eine Familie. Das ganze Problem an der Sache ist, dass er und die Seinen wie jeder andere Mensch unter meiner Obhut stehen. Alle habe ich gleich zu beschützen. Eine Ausnahme ist nicht vorgesehen und unmöglich", sagte meine Tante, während sie mit den Schultern zuckte. „Jedes seiner Familienmitglieder weihte er in das Geheimnis des Bernsteins ein. In das, was er von mir wusste, obwohl ich es ihm ausdrücklich verboten hatte. Dann wurde es von Generation zu Generation weitererzählt. Bis in unsere Zeit. Ihre Angriffe sind unerbittlich. Sie glauben sich im Recht. Besser, sie wären alle tot. Oder würden getötet werden."

Ich erschrak. Schon immer war ich ein Gegner der Todesstrafe.

„Das ist nicht dein Ernst", rief ich aus.

„Natürlich nicht, meine Liebe. Aber dann könnten wir irgendwann vor deren Rache sicher sein und müssten nicht immer gegen sie kämpfen."

„Verstehe", und ich beruhigte mich etwas.

„Hatten sie Erfolg, passiert, was jedes Mal passiert. Eine Pandemie bricht aus. Die Einen haben Angst vor dem Tod, die Anderen nicht und wollen ihr Leben leben. Während die Einen leben, zerfallen die Anderen im strukturierten und destruktiven Chaos. Beide glauben sich auf der richtigen Seite, während in Wahrheit keiner eine Chance hat. Weil jemand anderes ihre Geschicke lenkt. Der Nga nimmt sie sich alle, nur mich sieht er nicht."

„Wer oder was ist der Nga?", unterbrach ich sie.

„Der personifizierte Tod. Mein Bund mit dem Bernstein verbirgt mich vor seinen Augen. Wenn ich nicht will, sieht er mich nicht und ich sterbe nie. Ich wollte dies niemand anderem aufbürden. Doch ich fürchte, ich brauche dich als meine Nachfolgerin."

„Ich verstehe nicht."

„Jedes Mal, wenn ich hierher zurückkomme, lade ich meine Lebensenergie wieder auf. Es sei denn, jemand anderes opfert sich freiwillig und wacht an meiner Stelle über die Menschheit." Sie schaute mich traurig an und ich zerfloss vor Mitleid.

Hundertfünfzig Jahre mag für manche eine kurze Zeit sein. In den Augen meiner Tante sah ich eine Müdigkeit, der nur ich ein Ende bereiten konnte, und ich nickte.

„Einen Rat möchte ich dir noch geben. Ich weiß, gegen die Liebe kommt keiner an. Es tat mir unendlich weh, George so leiden zu sehen. Doch das ist der Preis. Mein Opfer für das Überleben der Menschheit. Sein Hass auf mich war unabwendbar. Ich konnte ihm keinen Teil meiner Unsterblichkeit abgeben. Das Schlimmste war, dass er mich nicht mehr Anousch nannte. Bernstein-Lady war seine neue Bezeichnung für mich. Statt Zärtlichkeit war Verachtung in seiner Stimme."

Mir saß ein Kloß im Hals. Noch immer liebte sie ihn. All die Jahre und trotz, was er ihr angetan hatte.

Tante Annelies ging näher an die Wand zu ihrer Rechten. Zwischen zwei Spiegeln waren mit dunklerem Bernstein florale Muster zu sehen. Eines davon klappte meine Tante wie einen Griff nach oben und zog dann. Die Zimmerecke daneben glitt als eine zweiflügelige Tür in einen dahinterliegenden Raum auf, der bis in die Spitze des Leuchtturms hinauf ragen musste.

Vor meinen Augen erhob sich ein Bernsteinfels von bestimmt sieben Metern Höhe. Es war unglaublich.

„Wollen wir?", fragte mich meine Tante leise.

Ergriffen nickte ich.

Sie nahm meine Hand, strich kurz darüber, desinfizierte meinen kleinen Finger, stach hinein und hielt den daraus quellenden Blutstropfen an den Stein.

Ich merkte, wie sie mich losließ und mich hell die Zuversicht und die Hoffnung durchströmten. Es war, als hielte ich unseren Planeten in meinen Händen.

„Leb wohl", flüsterte meine Tante.

„Wo gehst du hin?", fragte ich.

Sie antwortete mir nicht, ich löste mich von dem Fels und drehte mich um. Vor meinen Füßen lag sie wie schlafend. Trauer überfiel mich, ich sank vor ihr auf die Knie. Vergeblich suchte ich ihren Puls. Dann weinte ich um sie. Dachte an die vielen Stunden, die wir zusammen verbracht hatten, singend, lachend, streitend.

Jetzt war ich die oberste Wächterin. Von nun an war ihre Aufgabe die meinige. Jedes einzelne Menschenleben lag in meiner Verantwortung.

IN FERNER ZUKUNFT IRGENDWO AUF DER ERDE

Das Kaminholz zischte an der Wand der Schachtel und brannte hell.

Durch die Bernsteinsuche war die heutige Strandwanderung für Ben und seinen Sohn Nikos zu einem Abenteuer geworden. Jetzt mussten sie testen, ob sie einen der begehrten Steine gefunden hatten oder nicht. Einige hatten den „Schwimmtest" bestanden. Wie Rettungsreifen die Menschen oben hielten, blieb der Bernstein ebenfalls an der Wasseroberfläche. Aber allein darauf wollte er sich nicht verlassen.

Ben nahm einen Stein mit der Pinzette auf und hielt ihn in die Flamme. Schnell sprang das Feuer über.

Ein verbrannter Stein hatte nicht die tödliche Wirkung. Doch Tausende würden es tun.

Die einer Lungenkrankheit.

Von der aggressivsten Sorte.

Verursacht von einem Virus.

Einem roten.

So winzig klein wie Sprenkel in einem Bernstein.

Der Nga war bereit.

HERAUSFORDERUNG ANGENOMMEN

Im Januar 2021 schrieb mich die Autorin Betty Daniels an, ob ich ihre Nachfolgerin bei der #autorenchallenge auf *Amazon* sein möchte. Ich hatte noch nie davon gehört, war aber sehr neugierig darauf.

Worum geht es bei dieser Challenge?

Man bekommt ein Wort vorgegeben und hat einen Monat Zeit, eine Kurzgeschichte dazu zu verfassen.

In jedem neuen Buch wird eine neue Autorin oder Autor namentlich nominiert und das neue Stichwort bekannt gegeben. Die Länge und das Genre der Geschichte sind jedem selbst überlassen.

Am wichtigsten bist du als LeserIn für uns als AutorInnen. Du bist ausschlaggebend für unseren Erfolg und begleitest uns auf unserem Weg. Egal ob positiv oder negativ, deine Meinung beschäftigt uns nicht eine Stunde, sondern meist Wochen.

Denn: Wir sind geboren, dich zu unterhalten.

Viele kennen uns noch nicht. Und um das zu ändern, wurde diese Challenge von der Autorin Lima Strysa ins

Leben gerufen. Unter dem Motto #miteinanderstattgegeneinander nominieren wir unsere KollegInnen und nehmen dich auf wenigen Seiten mit in unsere Welten. Mal als Erzählung oder Novelle, einer klassischen Kurzgeschichte, Gedichten oder dem Beginn von etwas Großem. Wir stellen uns – auf unsere ganz eigene Art – bei dir vor. Wir bringen dich zum Lachen, Nachdenken, Grübeln und lassen dich den Alltag vergessen. Jeder Autor mit seinem unverwechselbaren Stil und Ideenreichtum. Lass dich bezaubern.

Ende Januar 2021 war es so weit. Betty veröffentlichte ihr Buch und ich bekam mein Stichwort: STRANDKORB.

Mein erster Gedanke? Oh, das ist ja ein cooles Wort.

Mein zweiter? Oh, nein! Und das im Winter!

Mein dritter: Herausforderung angenommen!

Mit Followern auf *Instagram*, auf *Facebook* und zwei Freunden brainstormte ich über das Wort. Ein Nachmittag genügte, um drei Seiten vollzukritzeln. Da es Strandkörbe nur an der Nord- und Ostsee gibt, war der Handlungsort Deutschland schnell klar. Es musste etwas mit Erholung zu tun haben und da ist das Thema Gesundheit nicht weit. Selbstverständlich sollten Mystery und Fantasy eine große Rolle spielen.

Und Bernstein. Keiner, der jemals die Ostsee besuchte, hat es nicht wenigstens einmal versucht, welchen am Strand zu finden. Welche Sagen und Geschichten ranken sich um diesen Stein? Sofort fiel das Wort Bernsteinzimmer. Doch wie war es mit einem Strandkorb in Einklang zu bringen? Und so ging es in einem fort.

Bereits am nächsten Tag schrieb ich das erste Kapitel. Am sechsten Tag waren es fünf Kapitel. Immer mehr kristallisierte sich heraus, dass es eine längere Geschichte werden würde und ich hatte meine Zweifel, ob ich der Story auch dementsprechend gerecht werden würde. Immerhin steckte ich zusätzlich im Lektorat für meinen Debütroman „Die Wolkenfabrik – Kyhala Archives“.

Dummerweise hielten sich meine Figuren überall auf der Welt auf. Es ist verflixt, dass ich das Reisen ebenso liebe wie sie. Jedenfalls recherchierte ich zusätzlich ziemlich viel. Denn selbst wenn man bereits einen Ort bereist hat, kann man sich leider nicht an jedes einzelne Detail erinnern, das einem begegnet ist.

Einige der historischen Fakten musste ich ebenfalls herausfinden, um die Geschichte „rund" zu machen. Tja, und dann wurde mir klar, dass die Story nicht erst 1917, sondern 1888 beginnen musste. Du siehst, gar nicht so einfach.

Hier sind einige Eckdaten für deine Orientierung, die ich für diese Geschichte als Grundgerüst genommen habe:

1889-1895 – Russische Influenza-Pandemie, Ursprung vermutlich Usbekistan, Influenza-Erreger

1918-1920 – Spanische Grippe, Ursprung vermutlich USA, Influenza-Erreger

1957-1958 – Asiatische Grippe, Ursprung vermutlich China, Influenza-Erreger

1968-1970 – Hongkong Grippe, Ursprung in Hongkong, Influenza-Erreger

1977-1978 – Russische Grippe, Ursprung in China, keine Pandemie, Influenza-Erreger

2002-2003 – SARS-Pandemie, Ursprung in China, SARS-Erreger

2009-2010 – Schweinegrippe, Ursprung in Mexiko, Influenza-Erreger

2019-lfd. – COVID-19-Pandemie, Ursprung in China, SARS-Erreger

Ich wusste bereits im April 2020, dem ersten Lockdown von Deutschland, dass ich irgendwann einmal die COVID-19-Pandemie zum Thema in einem Roman machen wollte. Nur nicht so schnell. Deshalb begann ich bereits frühzeitig Daten und Artikel und Verordnungen zu sammeln. Trotzdem war ich dabei noch zu wenig detailliert vorgegangen, sodass ich auch dazu viel im Internet recherchiert habe.

Beispielsweise waren mir die Vorschriften in meinem Bundesland bekannt, jedoch nicht die in Mecklenburg-Vorpommern oder in den USA.

Es war tatsächlich ein Marathon, die Story in der vorgegebenen Zeit zu schaffen. Doch das war es mir wert und ich würde es jederzeit wieder tun.

Nachdrücklich möchte ich hier betonen, dass Bernstein nicht an Covid-19 Erkrankte heilt, es Magie nicht gibt und die Geschichte komplett erfunden ist. Etwaige Ähnlichkeiten mit lebenden oder verstorbenen Personen sind rein zufällig.

Auch bei kleineren Publikationen sind viele HelferInnen am Werk beteiligt, denen ich an dieser Stelle danken möchte.

Zuerst danke ich meiner langjährigen Freundin Jana, die mich nicht nur bei der Geschichtenfindung und der Covergestaltung tatkräftig unterstützt hat, sondern bei der ich mir fachlichen Rat zu Pandemien geholt habe. Wenn ich schon die COVID-19-Pandemie zum Thema in einer Geschichte machen wollte, sollten auch die Fakten stimmen.

Sie machte mich beispielsweise darauf aufmerksam, dass das Coronavirus ein SARS-Erreger und kein Influenza-Erreger ist. Außerdem, dass sich die Symptome – abgesehen vom Geschmacksverlust – gleichen.

Chapeau vor dir. Vor allem, was deine Geduld gegenüber meinen zahlreichen Fragen betraf.

Dann danke ich meiner Lektorin Anne Junker @lektorat_felidea (Instagram). Ich wusste, warum ich dich bei so einem sensiblen Thema ausgewählt habe. „Der Bernsteinleuchtturm" war bei dir in außerordentlich guten Händen. Außerdem der Zweitkorrektorin Vanessa Streng.

Last but not least, hatte ich jede Menge Testleser. Und glaube mir, sie alle haben geholfen, die Geschichte spannender und detailgetreuer für dich zu erzählen. Als Erstes wären Sabine und Gitte zu nennen.

Dann folgende InstagrammerInnen (Stand 01.12.2021)
@diangarten
@ellisdriftwoodpeople
@estella.marie.schimpf
@fabienne.laemmel
@mini.wunder
@moniques_buecherwelt
@nureineseitemehr
@prettyrum
@relativanders
@vivienverley_autorin
@wortweltenbummlerin

Sowie folgende FacebookerInnen (Stand 01.12.2021)
Anka Dittrich
Catharina Rohlf
Gaby Krueger und
Sandra Franz
Meinen herzlichsten Dank an euch.

Auf meiner Website www.lesefalle.de und meinem Instagram- sowie Facebook-Account @yvonnebeetz_autorin erhältst du Einblicke in meine Schreibprojekte. Den QR-Code zum Scannen mit deiner Kamera findest du auf der nächsten Seite. Schreib mir, wie dir das Buch gefallen hat. Ich freue mich auch, wenn du mir über deine Kaufplattform eine Rückmeldung gibst.

Beinahe hätte ich es vergessen. Die Neunominierung: Meine Nachfolgerin ist die Jungautorin Estella Maria Schimpf (www.federwelten.de). Passend zum Ostsee-Urlaubs-Feeling in meiner Geschichte erhält sie das Stichwort: ZELT.

Bleib gesund und bis bald
Deine Yvonne

In Memoriam der Covid-19-Todesopfer. Dezember 2021

„Der Bernsteinleuchtturm“ ist eine Sonderausgabe der Reihe „AllTagsPausen“. Hier stecken Humor, Action, Poesie oder Fantasy. Lass dich entführen und tauche ein in neue Welten.

Bereits erschienen:
„Der Schlagmann – Never give up“ (Mystery, März 2021)
„Berliner Schnipsel“ (Lyrik, März 2021)
„Cleenas – Amazonen des Nordens“ (Mystery, August 2021)
„MikroStories – Kürzer geht immer #Band 01“ (Kurzgeschichten, September 2021“
„Cleenas – Amazonen weinen nicht“ (Mystery, Dezember 2021)

Weitere Bände sind in Planung.

BILDNACHWEISE

Cover unter Verwendung des Fotos „Santa Cruz Lighthouse, Mai 2017" von *12019/12059 images* (pixaby.com)
https://pixabay.com/photos/santa-cruz-lighthouse-california-2287588/
(zuletzt abgerufen am 01.12.2021)

Kapitelzierden unter Verwendung der Vektorgrafik „Silhouette of Lighthouse" von *GDJ* (pixaby.com)
https://pixabay.com/de/vectors/leuchtturm-gebäude-silhouette-5605080/
(zuletzt abgerufen am 01.12.2021)

Alle weiteren Bilder Copyright by Yvonne Beetz

ANMERKUNGEN DER AUTORIN

Diese Publikation enthält Links zu Webseiten Dritter.

Für deren Inhalt wird keine Haftung übernommen, da die Inhalte nicht übernommen wurden, sondern lediglich auf den Stand zum Zeitpunkt der Erstveröffentlichung verweisen.

ÜBER DIE AUTORIN

Yvonne Beetz begann ihr Schriftstellerdasein mit Kurzgeschichten, vorwiegend auf Deutsch, aber auch auf Englisch.
Weil ihr der Austausch mit anderen Autoren fehlte, war sie der Meinung, dass nur weniges zur Veröffentlichung taugte. Dann entdeckte sie internationale Leseplattformen und alles änderte sich.
Sie nahm an Schreibwettbewerben für Kurzgeschichten teil und war einige Male unter den Finalisten. 2018 befand die Jury ihre Einreichung schließlich als 'Beste Geschichte'. Diese ersten Veröffentlichungen in Anthologien motivierten sie, das Schreiben weiter voranzutreiben.
Im Sommer 2021 erschien ihr Debüt-Roman "Die Wolkenfabrik – Kyhala Archives" beim Wreaders Verlag, einer Fantasy mit Gesellschaftskritik, für jugendliche und erwachsene Leser.
Auf dem Leseblog "Die Lesefalle" sind die neuesten Kurzgeschichten von ihr zu lesen und seit Januar 2020 ist sie eine Dresdner LiteraTurnerin.

www.ingramcontent.com/pod-product-compliance
Ingram Content Group UK Ltd.
Pitfield, Milton Keynes, MK11 3LW, UK
UKHW021935190726
13853UKWH00004B/1450